ベルベット・イースター

池田有来

Velvet Easter　Yuki Ikeda

文芸社

そして今日もまた、
人は物語を紡いでゆく

現在　*Espial 2023*

モンマルトルにある劇場には三十名程の客が入っていた。人形劇を専門に見せる劇場であるが、正確に言うとその日の演目は人形劇ではなく、「ワヤンクリ」と呼ばれる人形影絵劇だった。二百平米ほどのこぢんまりとしたその劇場は、常に半分は常連客が席を埋める百年以上の歴史を誇る社交場だ。等間隔で配置された二十ほどの丸いテーブルに座す客の殆どは恋人同士や夫婦だったが、その中に、一人の男だけ、そして一人の女だけの客があった。女の席は劇場の一番後ろの真ん中にあり背後は緞帳《どんちょう》が壁を覆っている。そして、同じ列の入り口に近い通路の席には男が座っている。時刻は夜の七時を回ろうとしていた。

飲み物が一通り配られてほどなく、天井の照明がゆっくりと暗くなってきた。やがて暗転すると大きなガムランの楽器の音楽と、インドネシア語の歌とともに舞台に設えた横長の白いスクリーン上にいくつもの影が現れた。演目は「ラーマヤナ」である。ヒンドゥー教には三神一体論という考え方がある。本来神は一体であるが、三つの異なる役割に応じて三人の神として現れるという考えである。これをトリムルティとも言う。三人の神はブラフマー、ヴィシュヌ、そしてシヴァだ。ブラフマーは宇宙の創造を司る神、ヴィシュヌは宇宙の維持を司る神、そしてシヴァが宇宙の寿命が尽きた時に世界の破壊と再生を司る神である。「ラーマヤナ」は、その三最高神の一人、ヴィシュヌが人間の王子として地上に降臨して、様々な出会いと戦いの末、敵の王を倒し王になって国を治めるという物語である。この物語が特徴的なのは、折角敵を倒して国を統一したにもかかわらず、ヴィシュヌの生まれ変わりの王は、一度敵の王にさらわれた王妃の貞操を疑い王妃を追放してしまうことにある。王妃の潔白を証明できる大地の女神はその代わりに彼女を地下に連れ去ってしまうという悲劇が待ち受けているのだ。

長い演目も終盤に差しかかり、既に時刻は夜の十時を回ろうとしていた。

なぜ三最高神の一人という高貴な地位にある神が、自分の不注意が原因でさらわれてしまった自分の妻を疑い追放するなどということができるのか。妻をさらわれてしまった、だらしない王である自分自身を責めるべきではないのか。この物語が西洋の通常の現代劇と異なるのは、男性を中心に置いた思想を明らかに感じ取ることができるところだ。そういった観客の気持ちが、劇場全体に溢《あふ》れたところで、先ほどから一人で座していた女性がやにわに席を立った。彼女は静かに劇場と通路の間にある緞帳をくぐり抜けて外に向かった。続いて、一人で座っていたもう一人の男も席を立つと、彼女を追うように、同様に外に出た。

満月が、黒い空に浮かんで輝いていた。まっすぐに天の暗闇から地上を射すその白光は、石畳に深く埋められた石柱の頭を照らす。青く白いその光はしかし、すぐに石に吸い込まれてしまう。それでも、夜の帳《とばり》の降りている間、月は輝き続けそして石畳はその輝きを吸い込みながら光り続ける。各々が丸くすり減った石柱の頭は、不規則ながら不思議に整然と石畳を作り上げている。そして黒い艶のあるその表面は、時に青くそして時に白く光っている。

彼女はその石畳を歩いていた。月の光が彼女を透かしている。石畳から反射するその輝きがさらに下から彼女を照り返している。上下から射す二つの光が彼女の白い外套《がいとう》を古い街並から浮き上がらせている。浮き上がって輝く光は、ある屋敷の前で止まった。敷地が広いのか、見た目ほど広くはないのかが外からではよく分からないほどアイビーが綴《つづ》れ織のように絡まった屋敷の入り口は、間口が五メートル、高さが三メートルほどある古めかしい石造りの門であった。門の両翼をなす砂岩の門柱には新旧の蔦が幾重にも重なり合って、短くはない屋敷の歴史を物語っていた。彼女の輝きで門柱が周りから浮かび上がって見えている。彼女は空を見上げた。満月の周りを光の環が薄い白い布のように丸く覆っている。どこからか流れてきた幾つかの黒い雲がその下を通り過ぎていく。雲は影を生み、走る影が屋敷の門全体を青い斑模様に揺らしている。彼女の光にも斑模様がかかる。そして揺れる。やがて、雲の群れが通り過ぎると、また彼女の姿が浮かび上がる。そしてその光は、青くそして白く輝く石畳の上に倒れた。後ろから石畳に走る音が響き、劇場から彼女を追うように出た男が長身をかがめて手を差し出し、石畳の上に倒れている彼女に声をかけた。

「ビビアンの友人だね」

CONTENTS

登場人物

ビビアン

台湾生まれのブヌン族の出自。十一人兄弟の中の唯一の女性。台湾最大の非合法組織の大幹部、劉俊傑《りゅうしゅんけつ》と出会い、テロ組織の戦闘員として訓練に就き、類稀なる才能を開花させる。コードネーム・ルーシー。

＊

ベネディクト

南仏アンティーブ生まれ。パリの映画会社勤務。結婚も視野に入れた恋人のセバスチャンとのこれからの人生に不安を抱いている。ある日パリでテロに巻き込まれ、あやうく命を失うところをビビアンに救われる。

＊

セバスチャン

保守的な家庭で育ち、男性中心の価値観を持つ。ベネディクトの恋人。

アルフォンソ・アリスタ
スペイン・バスク州生まれ。バスクの独立を勝ち取るために組織に属し、ビビアンとイングリッドをスカウトした。しかし、この二人の女性が辿る人生に、自身も大きく動かされていく。コードネーム・ジャン。

＊

イングリッド
ストックホルムの養護施設で育つ。孤独を喜びとする強靱な精神力を持ち、やがて最強の戦闘員となる。

＊

ステファン
養護施設でイングリッドと共に過ごす。施設を出た二人は全く別々の人生を歩むが、のちに思わぬ再会をする。

ウーテ
ドイツ生まれ。グレースを組織に誘う。イングリッドとビビアンに次ぐ戦闘能力を誇る。グレースとは本当の姉妹のように繋がる。

グレース

セネガル生まれ。両親を惨殺され絶望していたところでウーテと出会う。爆発物のスペシャリスト。

＊

バシール・ハリーリ

アフガニスタンの英雄。愛する祖国を救うため、人生と命を賭ける。

＊

カーリッド・ザキ

イエメンの異色の政治組織イリヤバングを率いる首長。アルフォンソ・アリスタの父の親友。

＊

じゅんこ

日本生まれ。パリに留学し、ベネディクトの大学時代の同級生となる。

I

出逢い　*Rendezvous 2022*

「父が突然離婚するって言い出したの……」

大学卒業以来五年ぶりに顔を合わせたばかりのジェラルディンは、下から見上げるように、ベネディクトの顔色を窺《うかが》うような少し卑屈な表情で彼女を見つめた。肩まである金色の髪がジェラルディンの顔を柔らかく見せている。カフェ・トロカデロでは珈琲《コーヒー》一杯が七ユーロする。学生たちがたまの週末に顔を出すパリの裏通りにある店の三倍近い値段だ。床から天井まで一面に、クリスタルのように虹色に太陽を反射する厚いガラスが嵌《は》められた窓際の席は、大きな犬を従僕のように自分たちの横に侍らせた年配の女性たちが、道行く人々を眺めながら、今すぐ解決する必要のない様々な身の回りの話題を止め処なく話し合う姿に占領される。外からの太陽に照らされてきらきらと輝く彼女たちの姿を大抵の人たちは振り向きもせずに通り過ぎていくが、時折通り過ぎるアジアや東欧からの観光客たちが外からカメラで写真を撮影している。話を続ける年配の淑女たちは、それに気付きながら、意識的に無視をして身振り手振りを交えながら話を続ける。彼女たちは、カメラに映し出される映画の中の登場人物のように、ずっと話し続けていた。

ジェラルディンとベネディクト、その学友たち十人ほどは、幾つかのテーブルを隣り合わせて銘々に座っていた。今日は、卒業後五年経ったら開催しようと約束していた同窓会の土曜日である。

「それまで、母はパーティーや食事会とか人が集まる場所に夫婦でお呼ばれがある度に、父に見せつけるように他の男の人たちとべたべたしていたくせに……」

ジェラルディンは続けた。

「復活祭の次の日に、別荘のテラスで家族全員が久しぶりに集まって朝食をしている時に、突然、父が皆の前で宣言したんだ……。まず私と弟のジャクーのほうを向いて『お前たちとは永遠に家族だ。しかし私は、アンジェラとは別々の人生を歩んで行きたいと思う』って具合に始まったの。母は、最初何が始まろうとしているのか状況がよく判断できない様子だった。それまで父と大きめの口論をした時には『もう一度私に対してそういう乱暴な口の聞き方をしたら、お別れよ！』って強烈に父に言い放っていた彼女が、その父との本当の別れにこうやって直面したわけ。月に一度、年に十回以上もお別れの宣言をしていた彼女が、それまで一言も別れの言葉を口にしたことがなかった父と実際に別離することになって以来、母の気持ちがここまで落ち込むとは、家族の誰も、毎週顔を合わせていた母の親しい友人たちでさえ想像できなかったほどだったの」

ジェラルディンの家族の別荘はサントロペの海を見下ろす高台の村ガッサンにある。別荘を囲う植木の明緑色の杉の木は、先端に向かって緩やかに細くなってゆく乱れのない楕円形《だえんけい》にきちんと刈り揃《そろ》えられている。ベネディクトはジェラルディンと家族に大学二年の時の夏休みにこの別荘に一度招待されたことがある。目の前の海岸線に向けてなだらかな下り勾配になっている五万平米はあると思われる広い緑の芝が輝く庭越しに、坂に向かって張り出したテラスのテラコッタのタイルの床がある。そのタイルの床を、蔦模様に彫刻された五、六歳の子供の身長程の高さの柵が囲う。五十平米程のテラスに置かれた日光浴用の長椅子から立ち上がって、コートダジュールの太陽に煌《きら》めいて輝く朝の海を見つめながら、ベネディクトは「こんなところで人生を終わりたくない」と独り言を言っていた。ベネディクトには、なぜそのような考えが浮かんだかは未だ自分にとっての謎《なぞ》として記憶に残っている。既に遠く感じる七年前の記憶の断片に触れながらも、このジェラルディンの私的な家族の不幸を耳にしながら、あまり聞きたくない話だとベネディクトは思った。

「特に今は……」

「夫婦とは……男と女の関係は、他人と他人の一時的な結びつきにすぎないのだろうか？」

ベネディクトは友人たちと喫茶店の前で別れたあとセーヌ河沿いの街路を一人で逍遥《しょうよう》し始めた。街路樹から落ちて人々に踏みしめられた枯れ葉から、街に秋の薫りが立ちこめる。ゆっくりと確実に冬に近づいてゆくパリの街を足早に歩きながら彼女は最近の自分の身の回りの出来事を考え始めた。友人たちのこと、家族のこと、そして仕事のこと、向かう先の見えないこれらの出来事はひと所に落ち着くことなく彼女の頭の中を堂々巡りしていく。

フランスが世界に誇る映画会社で、彼女は同じ大学出の先輩の製作者にアシスタントとして付きながら、将来自分で企画する作品を作ることができるようにと企画書の更新、脚本家と製作者との会合の設定、俳優女優との製作日程の調整等を意欲的にてきぱきとこなしていた。しかし、会社がここ数年間で一番力を入れて製作するはずだった恋愛ものの大作映画が、監督と製作者の認識の違いから製作費の大幅な増額を余儀なくされ、財務的な経営責任問題が生じていた。実際、その責任者の処分が確定したとの噂《うわさ》が流れ、撮影は今後の製作計画に目処がつくまでの間、一時的に中断されていた。それだけではなく、中断したあと数週間後に監督があまたの領収書を会社に持ってきて「精算しろ」と彼女に迫った。領収書の内容を見てみると、ジョエルロブション、マキシムドパリ、トゥールダルジャン、ルカカルトンといった一人二百ユーロもかかるような高級レストランに行き数名で食事したらしい。しかも過去半年間に三日に一度ほどの頻度で出かけている。これが全部認められる訳がない。

会社と監督の狭間で味わう、解決しても誰も褒めてくれない難題を抱えてしまった。フランス映画は政府の保護に厳重に守られているが、その観客動員数はなかなか上がらない。規制がなければハリウッド映画に席巻されているはずの映画市場である。

「こんな環境にあるのにまったく……。フランスのアーチストたちは甘えた考えをなかなか捨てきれない」

ベネディクトは独りため息をついた。自分には直接的な責任はないとはいえ、所謂、負け組の一員として最近は社内で肩身の狭い思いをしていた。五年ぶりの同窓会で会った古い友人に気を許した彼女は、家族の問題を抱えた上に失業中のジェラルディンに「自分は退職したほうが良いかもしれない」とうっかり口を滑らせてしまった。ベネディクトにとっては友達の前だからこそ理解や同意を期待したのではなく世間話を聞いてほしいとばかりに自分の弱さをさらけ出しただけだった。しかし、ジェラルディンは、「やめる仕事がある人はいつも贅沢《ぜいたく》なことを平気で言う」とベネディクトを非難した。ジェラルディンの目には涙が滲《にじ》んでいた。ベネディクトは、そのことがずっと気にかかっていた。

彼女の歩く歩道の横を流れるセーヌ河の運河を、客を乗せた観光船が続けざまに走り抜けていく。甲板に出て移り行く景色を眺める人の数は一か月前よりも少なくなっている。

ベネディクトは、社会的に責任をもたなければいけない立場になって、各々がそれぞれの道を歩き始めた友人たちとのこと、恐らく近々大きな岐路を迎える仕事のこと等、色々と思いめぐらせた末に、やはり最後には今の彼氏と自分との関係のことを考えながら足早に地下鉄の入り口に向かって歩いていた。地下に降りる階段に差しかかる手前の歩道に、幾つものゴミ箱が並んでいる。

彼女がいつものように二段飛ばしで階段を駆け下りようと勢い良く通り過ぎた直後に、大音響と共にそのゴミ箱が爆発した。

突然風船を耳に押し付けられたような違和感を覚え、火薬の味が口の中に入ってきたと感じた一瞬、彼女の周りの風景からすべての音が消え去り、その景色がゆっくりと斜めに揺らいでいった。次の瞬間、今度はカメラマンが今まで映していた被写体から急に横にカメラを振った時のように彼女には目に映るすべてのものが流れて見えた。誰かが自分に体当たりしたのだと分かった時には、ベネディクトの体は五メートルほど下の階段の踊り場まで弾き飛ばされていた。そしてベネディクトの上には、彼女と同じぐらいの背丈の一人の女性が覆い被さっていた。ベネディクトは、それだけの距離を飛んだ自分の体に殆ど痛みを感じないことに驚いた。身の上に降りかかった唐突な出来事を把握できないまま、彼女はそれが自分の生死に関わる重大な出来事であることを本能的に感じた。その時、恐怖のため、自制心を失って叫び声を上げそうになったベネディクトの唇にその女性の唇が重なった。

最初ベネディクトは抵抗しようという衝動に駆られたが、まるで絹のように柔らかい唇を優しく合わせてきた女性の顔の輪郭がはっきりしてくるに連れて、その衝動は静かに消えていった。ベネディクトには、一瞬だが、その女性の顔が毎週日曜日の朝に行く教会のミサで見慣れた聖母マリアに見えた。

階段の上では、何人もの男たちのスペイン語らしき怒号が響き、散発的に銃を撃つ音がしているが、ベネディクトには聞こえていない。彼等は倒れて動かないと思ったのかベネディクトとその女性に一瞥《いちべつ》をくれたあと、嵐のように過ぎ去っていった。女性の唇が離れた途端、ベネディクトは我を取り戻した。そしてその女性に何かを言おうとした時、しなやかで冷たくて細い人差し指がベネディクトの温かくて豊かな、そして震える唇を塞いだ。

二人の目と目が合い、その肌の白いアジア系の女性は微笑んで何かをベネディクトに語りかけた。その言葉はきっと優しい言霊であるとベネディクトは想像したが、鼓膜が傷ついた彼女の耳にはそれは聞こえてこなかった。しかし、その女性の黒い瞳が美しく透明に輝いているのは見えた。ベネディクトにはそれがまるで神様が何千年もの間待ち望んでいた瞬間かのように思えた。ベネディクトは自分の体がゆったりとどこかに吸い込まれていくのをその女性と共に感じ合った気がした。

感動を噛《か》み締める間もなく、その女性はベネディクトの体から離れると、やにわに走り出し、彼女の視界からあっという間に消えていった。まるで大嵐がはかない影を一瞬にして跡形もなく連れ去ってしまうかのように。

人生の革命

Benedycte's Revolution

セバスチャンは、いつもの通り週末の小遣い稼ぎのためパリ市庁舎の前の広場でパントマイムを演じていた。その日は思った程の観光客が集まらず、稼ぎも二十ユーロに満たなかった。「週末のデートに使おうと頑張ったけれど、少し心細いかもしれない……」などと考えていると、青い空のどこからともなく舞い降りてきた鳩《はと》が、セバスチャンの頭の上に糞《ふん》を落としていった。笑う観客たちを前に、のけぞってさらに受けようと演技を重ねながら、セバスチャンはふと恋人のことが気にかかり始め、広場をそそくさとあとにした。携帯電話などという便利なファッションと少々距離を置く生活を誇りとしているセバスチャンは、パリの街中の壊れた公衆電話に腹を立てていた。以前は公衆電話が破損すると、観光都市パリの名折れとばかりにフランステレコムはすぐに技師を派遣して修理したものだった。それが携帯電話の普及と共に公衆電話を使う顧客が激減し、一度使用不可能になった公衆電話は、数週間の間放置されている例も珍しくなくなっていた。先に電話をすることを諦めて、彼は仕方なく恋人のところへ直行した。三週間前に突然街で起きたテロに巻き込まれたその恋人は、爆風の衝撃で傷んだ鼓膜の手術から回復して、今日は自宅に戻っている日だった。

＊

ベネディクトはセバスチャンとの会話を思い出していた。

「真剣に考えてほしいんだ。僕たちは付き合い始めて三年。お互いの家族も紹介し合ってうまくいっているじゃないか」

「何でそんなに急ぐのかな？」

「何でって……」

「私たち、まだ二十九歳。三十歳になったら考えるということでは」

「分かった。なるほど」

セバスチャンはそう言いながらも、納得をし切ったわけではないことが語調と表情から明らかだった。彼は落胆していたと言って良いだろう。

気まずさをそらすため、ベネディクトは話題を変えた。

「ねぇ、台湾ってどんな国なのかな？」

「そんな話をしたいわけじゃないよ」

セバスチャンの不満そうな態度を真正面から受け止めることなく、その日のベネディクトは冷静に会話を前に進めた。

「貴方のお母様について聞かせて」

「やっと、本題に入ってくれたね。嬉《うれ》しいよ。将来のために家族のことを知り合うことは大切だと思うよ。そうだね、僕の父親は母親のことを『良くできた女房』って言っていた。子育て、家事やその他次から次へと物事を片付けていくって。働き者で料理も最高で、ものの表現の仕方や自分の気持ちを言葉に表すことに関して繊細なところが、一緒にいて心地好いって」

今度はベネディクトが少し納得しない口調で言葉を返した。

「一つ質問して良い？」

「うん」

「貴方にとって女性の伴侶の意味するところは何？」

「………」

「私が働き続けて、子供ができても最初の半年が過ぎたら子守を雇って働き続けたらどう？　働き続けるために貴方にも料理や家事を手伝ってと言ったら貴方はどう思う」

「………」

セバスチャンの答えは心の中では決まっていた。しかし、それを口にすると彼女を失ってしまう気がして、彼は返事ができないでいた。

気まずい空気を和ませる話し方でベネディクトが続けた。

「もう少し時を共に過ごしてからで良いから、いつかこの質問への答えを聞かせてくれる？」

やり取りに満足をしたわけではないが、仕方がなくセバスチャンが言葉を返した。

「学校の先生に試験を受けている生徒になった気分だよ。ちょっと厳しいかな」

「貴方は、厳しい先生に結婚を申し込んでいるのかもしれないのよ。後悔してほしくないの。だから、もう少し時間をかけてお互いに考えない？」

「僕は、君を失いたくない。でも自分の基本的な考え方を伝えることはできるよ」

「貴方の基本的な考え方を聞かせて」

少し間をおいて息を整えると、覚悟をしたようにセバスチャンは自分の考えを口に出した。

「昔から、」

少し言い淀《よど》むセバスチャンをベネディクトがしっかりと見つめている。

「人類は、昔から、男は狩猟に出かけて獲物を持ち帰り、女は男が獲ってきた動物や鳥を家族のために料理した。女は男が狩猟に出ている間に家を片付けて掃除をし、子供を産んで育ててきた。そうやって正常な社会は保たれてきたし、人口も保たれてきた。女性の社会進出を否定するわけではない。けれども、人間の基本は男性が稼いで女性が家を守ることだと思う。母親のいない環境で育った子供の多くは非行に走ることが多いと聞く。それは、子供が十分な愛を受けていないからだと思うんだ。子供には愛が必要だよ。特に年端がいかない子供には母親の愛情が思い切り必要だと思う」

「じゃあ、子供が生まれたあとで私が働き続けることは反対？」

「少なくとも十歳頃までは一緒にいてあげてほしい」

「十歳まで仕事をせずに子供と一緒にいて、子供が十分な愛情を受けて育ってから私たちが突然離婚することになったらどう？　仕事から十年以上離れてもう私の働き手としてのスキルが時代遅れになっていて、仕事が見つからず家族とも離れて頑張って生きていかなければならないことになったら。貴方はその十年働いているわけだから、そのまま稼ぎ続けていける。でも、私はどうなるのかしら」

「そうならないように努力をするし、もしそうなったら君を助けるよ」

「有難う。でも、貴方にお金があったとしても新しい女性を見つけてその人との間に子供ができたら、もう経済的に私を養うことはできないのではないかしら」

「………」

「シングルマザーが経済的に厳しいのは、離婚後に一度数年間中断した仕事に、子育て前と同じ条件で戻ることが難しいという社会環境が原因としてあると思うの。でもそれだけではない。自分の仕事を犠牲にしてまで大切にしてきた家庭を離婚で失った上に、大好きだった仕事まで失うっていうリスクがあることが怖い」

セバスチャンは明らかに苛立って言った。

「難しいことを言うんだね。何かをやる前に先に失敗を予想していたのでは、何も前進できないよ。否定的な考え方ではなくて、もっと前向きな考え方にできないかな」

ベネディクトは努力して冷静な表現で応えた。

「それは仕事も家庭も失うリスクが低い男性には言えて、女性には言うことが難しい言葉だと思う。だって、仕事があれば男性は離婚してもすぐに再婚をする相手が見つかるでしょう。女性は離婚をすると、経済的に男性に頼らなくても良い仕事に就きたいと願う。でも女性には失った時間は取り戻せないし、良い条件での再就職が難しい上に、再婚の選択幅も狭くなってしまうという現実があるの」

「………」

「だから、結婚をしたあとも私が働き続けて、子供ができても母乳の栄養価が高い最初の半年が過ぎたら子守を雇って働き続けたらどうか、働き続けるために貴方にも料理や家事を手伝ってくれるかなって質問をしたの」

何かが切れてしまったセバスチャンが我慢できずに本音の考え方を言い放った。

「女性は家を守るものだよ。男性が稼ぐ、僕たちは結婚しても離婚はしない。それでこの会話は終わりだ」

「私のことを本当に大切に考えているならば、今のは答えにはならないと思う」

「じゃあ、君は、男性ではなくて女性と結婚すれば良いんだよ」

「どういう意味」

「世の中の男は君の言うことを誰も理解できないと思うよ。君の結婚観は間違った考え方だと思う。考え直してほしい」

「もし世の中の男が皆、私の言うことを理解できないならば私は結婚をする必要はないわ」

「そうやって人類は滅びていくんだよ。だから女性の社会進出はダメなんだ。キャリアウーマンなんて糞食らえだ」

セバスチャンはベネディクトのアパートの扉に体当たりをするかのように激しく開け、外に飛び出していった。

思い出を回想しながら、ベネディクトは、静かにため息をついた。

「男性ではなくて女性と結婚って……。こんなに考え方の違う二人が結婚をしてもうまくいくはずがない」

*

ベネディクトは、あの女性との口づけの衝撃から立ち直れないでいた。最近両親から独立してセーヌ河に面したこぢんまりとしたアパートに住み始めた彼女は、河を見下ろす窓が飛び出してキャンティルームとなっているダイニングから、夕暮れ時に紫色と橙色《だいだい》に染まった河の流れをじっと見つめていた。彼女は三週間前のあのアジア人の美しい女性との強烈な出逢いのあと衝動的に買った、真っ赤な口紅をポケットから取り出すと、やにわに芯の先を人差し指と親指でつまみとり、指の間でねり回しながらべっとりと自らの豊かな肉付きの唇に、まるで分厚い油絵の具をカンバスの上に重ねるように塗りつけていた。震える指先が唇を逸れ、隠してあった大量のチヨコレートを大人に見つかった子供が、取り上げられる前にあわててすべて口に突っ込んだあとのように、極彩色の赤色がその唇からはみ出した。ベネディクトの少し突出したかたちの良い小さな顎とすっきりと筋の通った鼻が、彼女を見る人に知的な一方で可愛らしい印象を与えた。初めて会う相手は大概、はっきりした理由の分からないまま茶色がかったブロンドの髪の彼女に親しみを感じた。彼女の目は、インクを溶かした水のような澄んだ青色をしていた。幅の広い二重瞼《まぶた》から、上に広がる広すぎず狭すぎない程よい丸みを帯びた額に至るまでの知性に満ちた顔の上に不規則に描かれた口紅の線を彼女は鏡に映し出した。いま、ベネディクトは何か運命的なものが自分の身の上に引き起こされようとしているのだと感じた。彼女は自分の中のどこからか大きな躍動感が目覚めて身体全体を揺するのを感じた。

*

セバスチャンはセーヌに架かる橋の上の歩道を歩きながら、広場を離れる前に鳩が頭に糞を落としていってから頭を離れないいやな気持ちを整理しようとしていた。

そんなはずはない、「ベネディクトが自分から離れていくなんて」。

セバスチャンは、パリの二つ星のレストランを経営する裕福な両親のもとで金銭的な苦労を何一つせずにそれまでの二十数年の人生を過ごしてきた。父のアントワーヌの社交的な性格もあって、レストランには俳優、映画監督、製作者から、大企業の経営者たち、そして政治家等の有名人が毎日のように来店していた。父のアントワーヌは内気なセバスチャンを、機会がある度に彼等に紹介し、彼等も美味しい料理とワインにほろ酔い加減で「就職の時は相談に来なさい」と言っていた。大学を卒業しても就職難に苦しむ多くの同級生を横目に、音楽好きのセバスチャンは、求職倍率が数百倍の国営放送局に、レストランの常連の親の知己を通じて入社し、ネットラジオ放送局に配属され、音楽番組製作担当者とディスクジョッキーを兼ねた仕事をこなしていた。この就職がきっかけになって、それまで親友として付き合ってきた同級生のジュリアンとも上手くいかなくなった。ジュリアンは、大学の成績ではセバスチャンを上回る結果を残していたのに、テレビ番組の製作会社に一次試験で落とされてしまった。

「やはりコネが一番大切か……」

肩を落とすジュリアンの言葉尻を捉えて、セバスチャンは激しい口論をけしかけてしまったのだ。彼にはジュリアンに就職先が見つからず自分は希望通りの就職を果たしたことへの不条理な後ろめたさがあった。反発の感情として爆発するのを止められなかった自分を反省しながらも、自分から謝罪に足を向ける勇気もなかった。大切な友人を失う言動をした自分に少し気後れしながらも、別に社会的に恵まれた家に生まれたからといってそれを非難されることはない、セバスチャンはそう思っていた。

一方、恵まれた家庭の出身で同じようにして映画会社に入社した今の恋人とは、家庭的、社会的にも同様の背景を持ち、そのような気持ちを共有できる点でも、特別な親しみを感じていた。彼は「結婚」を真剣に視野に入れて付き合っていた。ただ、相手の気持ちについては不確かなまま確認することは避けておいた。あえて確認しなかったのは、そうすることで、何かが音を立てて崩れていくのではないかという不安があったからだった。

彼はそのことについて、深く考えすぎないように努力していた。そんな折にあの喧嘩《けんか》をしてしまった。あれは致命的だったのだろうか。いや、今日こそもう一度話してみよう。きっと分かり合えるはずだ。

石造りの階段を上り玄関の扉の前に立ったセバスチャンは呼び鈴を押した。アパートのベルの音が響いた途端赤い口紅を塗ることを止めて、熟睡していた時に突然たたき起こされたような面持ちでベネディクトは玄関に向かった。いつもは「一人きりでなくなる瞬間」に温かく耳に響くベルの音が、今日は、どこか悲しげな音に聞こえた。彼女はその音にいつか訪ねた芸術家の住む村、ブルガリアのアルバナシの片隅で夕方になると聴いた、ブルガリア正教の教会から流れてくる鐘の音を連想した。扉を開けると、恋人のセバスチャンがいつものように大袈裟《おおげさ》に腕を広げて抱き締めてきた。そして口付けをしようとして彼はベネディクトの顔の異常に気付いた。

「革命の日か?」

笑顔のセバスチャンの少し疲れたような大袈裟な言葉が部屋中に響いた。

ベネディクトは目を見開いた。

「そうだわ。今日から私の人生の革命が始まるのよ」

彼女は、なぜそういう言葉が出てきたかを理解しないままそう呟《つぶや》いた。

もう一つの人生　*Vivian's Revolution 2016*

台湾の民族には、大きくわけて二つの民族がある。毛沢東との戦いに破れ台湾に流れてきた蔣介石の率いる「中華民国」一派が移民して住み着いた漢民族を中心とする肌の白い大陸系民族と、山岳民族とも呼ばれるアミ族（阿美族）を始めとする台湾固有の民族である。台湾では現在人口の九十八パーセントを占める大陸系民族が政治と経済の双方を牛耳《ぎゅうじ》り、山岳民族の人口はごく少数である。ビビアンの家族はブヌン族（布農族）で、その例にもれず、台湾中部の山岳地帯で農耕を営む貧農であった。十一人兄弟の中で唯一の娘であるビビアンは両親に殊の外可愛がられた。ビビアンは両親の愛を一身に受けて、経済的には困窮しながらも家族と屈託のない笑顔を交わし合う日々を過ごしてきた。彼女の笑い顔を見るとビビアンの家族のみならず、同じ山岳地帯に住む周りの農耕民たちも自然と笑顔になった。彼女は人から喜びを引き出す魅力に満ちていた。しかし、リーマンショック後の二〇一〇年以降台湾の経済は停滞傾向に入った。さらに悪いことに政治的な理由で台湾と中国との貿易が滞った。会社員の給料が長期的に伸び悩む中、不動産価格は上昇し、親の援助なしに若者がマンションを購入することが難しくなった。この状況は、台湾の野菜類の市場価格にも直撃した。納品先の食堂が次々と閉鎖される中、野菜相場下落の影響はビビアンの家族に深刻な影響をもたらした。彼女の十人の男兄弟たちは揃って台北市など大都市に求職活動に向かった。だが、どこも就職斡旋業者の事務所の前に門前行列をなしている状態で、農耕以外に何の取り柄もない男たちに就職先が見つかる訳もなかった。ビビアンの家族は、今日の米粒にも事欠く有り様であった。ビビアンの兄弟は両親に負けず、あるいはそれ以上にビビアンに愛情を注いでいた。ただひとり、一番年上の羿豪《イーハウ》だけが異なる考え方と性格を持っていた。

　このようにお金に困って立ち行かなくなった貧農の家族の中で、ビビアンの美貌は、暗闇に差し込む一筋の太陽の光のような輝きをもたらす存在だった。やや肌の浅黒いはずのブヌン族の一員でありながら、彼女の肌は透き通るように白く、小振りで先が細く丸みを帯びて尖《とが》った顎と、引き締まったその唇の組み合わせからはまるで貴族のような気品が漂っていた。時折見せる彼女の笑顔はまるでそのものから光が発しているようであり、その笑い声は聞く人に空から天女が降らす鈴の音を想像させた。どんなに生活が苦しくても、彼女の両親、兄弟たちは彼女と一緒に暮らしていることに心が休まった。

ある日、どこか卑しい笑みを浮かべた目つきの鋭い男が突然両親を訪ねてきた。ビビアンに就職を斡旋《あっせん》するという。切れ込んだ目の奥にひそむ残忍な影を感じ取った父親の有賢《ヨウシィェン》は即座に言った。

「娘はまだ十四歳になったばかりの子供だ。そんな誰とも分からない人間に身元を任せられるはずもなかろう」

その言葉に反応した男は薄ら笑いを浮かべた。男の笑い顔には身震いするような冷酷な何かがあった。男は有賢の背後を顎で指した。彼が振り返ると、そこには羿豪が立っていた。

羿豪がふてくされた語調で言った。

「誰かが働かなければ、皆共倒れだぞ。何で俺たちは働かせて、ビビアンはダメなんだよ。あれをする客は取らせないって言っているじゃねぇか」

「お前が売ったんだな。肉親をやくざ者に売り渡そうと企んだんだな。この悪魔野郎」

有賢の拳骨が羿豪を襲う前に、羿豪は素早く身を躱《かわ》して続けた。

「親父、目を覚ませよ。ちょっと働いたら、またすぐ戻せばいいじゃねえか。例えば三か月分だけでも前金でもらって、それでビビアンが気に入らなければ、迎えに行けばいい。なあ」

目つきの鋭い男は言った。

「その通りです。まず三か月だけ、女給だけということでやってみればいいじゃないですか」

有賢が間髪を置かず断わりの言葉を叫びだそうとした瞬間、その場には不似合いな声が響いた。

「あたし行ってみる。きっと大丈夫よ。三か月と言わず、皆の生活が楽になるまで。あたし行くわ」

掠《かす》れ気味だが音色が優しく響くビビアンの声にそれまでの張りつめた緊張感が一時に消え去った。庭の外で一部始終を聴いていた母親の郁方《ユーファン》は泣き崩れた。そのようにして、ビビアンのホステスとしての生活が始まった。


羿豪は紹介料の一部を家族からくすねていた。仕事をしないことを仕事とする彼は久しぶりにまとまった現金を手にしながら暇を持て余して、女性遊びにほうけていた。

ある時羿豪は、ヨーロッパから来たという噂の、北欧人に多い、透明に白く輝く肌にプラチナブロンドの髪を後ろにまとめた外国人の女性を目つきの鋭い男に紹介された。

台湾滞在中のその女性の身の回りの世話をするように指示されたのだった。羿豪は、時折テレビの番組の中で目にしたり、自分にはあまり縁のないフランスの服飾の月刊誌上だけで見ることのできるスカンジナビア半島出身のファッションモデルのような、その女性に夢中になった。

「あなたに精巧な旅券を作ってほしいの」

彼女に頼まれた羿豪は、目つきの鋭い男に予め作らされていた偽造パスポートに手をつけた。

彼女の指示によって、偽造パスポートにある人間の写真を貼付することになったのだが、その写真はビビアンのものだった。彼は実際、心の中で驚いたが、それを悟られないように彼なりの努力をした。羿豪にとってはお金が最も優先される選択肢なのだ。

ホテルの部屋で羿豪から偽造パスポートを受け取るとその女性は、笑顔で流暢《りゅうちょう》な台湾語で言った。

「有り難う」

羿豪は彼女の輝くような美貌に我を失い、衝動的に肉体関係を求めてシルクのワンピースの上から彼女の乳房を乱暴に鷲摑《わしづか》みにして、そのまま体を押し倒そうとした。ワンピースが彼女の肩から少しだけずれてその下に隠れていた大きな裂傷の痕に羿豪が気づいた瞬間、何が起きたか全く認識できないまま、羿豪の体は空中を飛び、彼は窓に叩《たた》き付けられて気を失った。その日から、羿豪はその女性の従僕となった。彼は、彼女が自分などは知りようのない重要な任務に就いていて、女性に対して不審な挙動をした瞬間に組織、いや、彼女自身の手によって自分はいとも簡単に命を奪われてしまうことを本能的に悟った。彼は、個人としての意志を失い、彼女に身も心も完全に掌握されてしまった。

ある日、彼女が羿豪の制止を振り切って、薬局に、以前購入した風邪薬に関するクレームをつけに向かった。もらった薬の効能は説明書に記載されているが、リスク要因、つまり副作用について注意書きが何もないというのだ。彼女の行動の意味するところを理解することができないまま、呆然《ぼうぜん》と横に立っている羿豪を尻目に彼女は言った。

「ヨーロッパではリスクについて購買者に説明する責任があるのです。でも、この薬には説明書が添付されていない。ここはやはり野蛮なアジアの果ての国なのでしょうか。私は政府の調査機関の人間でも消費者団体の一員でもジャーナリストでもありません。市井の購買者です。頂いた薬剤を興味本位にネットで調べたら副作用についての記載があったので、そちらにとっても今後トラブルに巻き込まれることのないように取りあえずお知らせに来ました」

薬剤師は謝罪をして丁寧に礼を伝えた。

彼女と羿豪が店を立ち去ったあと、薬剤師は誰かに向かって電話口で伝えた。

「例の作戦がはじまりました」

その翌日、女性は誰にも知られることなく台湾から去っていった。

ビビアンがホステスとして生活を始めて三か月が過ぎた。台湾の経済は少しずつ好転してきてはいたが、未だビビアンの家族のような経済連鎖の末端に至るまでは立ち直ってはおらず、家族との話し合いの結果、ホステスをさらに三か月続けることになった。やはり予想した通り、体を触ってきたり、しつこく口説こうとする客はいたが、ビビアンは大好きな両親や、仲の良い兄弟たちから毎週来る差し入れや、父と母から毎日届く手紙に、いつも自分が見守られているのだという温かい気持ちだけは失わないでいられた。そんな折、父有賢が倒れたという知らせを持って母の郁方が訪ねてきた。重度の脳卒中で、日常の生活に戻ることはもう不可能であるという。また、治療とリハビリにまとまったお金が必要でどうしていいか分からないと言う母とビビアンは抱き合い泣いた、そしてその日はそのまま別れた。ビビアンの中ではもう意志が固まっていた。

以前からビビアンを毎回指名してくる客がいた。男の名は劉俊傑《りゅうしゅんけつ》といい、店長の話では台北一帯の最大の非合法組織・馬王の次期総裁に期待されているらしい。彼の顔は美しいと言って良い程の崇高さを持っていた。切れ長の目と薄い唇が彼の冷徹さを示しており、やや幅の広い口から痩せた顔の印象を強くしていた。いつも慇懃《いんぎん》で丁寧な言動を示す彼は、男性中心社会の台湾の乱暴な男たちに慣れてきたビビアンにとっては、初めて接する西洋的な意味での紳士であった。以前より彼には、優しい口調で、「君がその気になってくれれば、私は君をスポンサーしても良いと思っている。そうしたら店長に言って上客しか取らせないようにするし、月々五千台湾ドルを小遣いとして保証しよう」と言われていた。

五千ドルあれば、大好きな父の有賢のリハビリ費用を、余裕を持って支払うこともでき、この世に生まれたその瞬間から今までずっとビビアンのことを愛し続けてくれた母、郁方の悲嘆にくれる気持ちを安らげることも可能になる。頭が良く医者になれる可能性があると学校で先生に言われながら経済的な事情でそれを果たせないでいた、一番仲の良い末兄の深深《シェンシェン》にも医者になる機会が来るかもしれない。いやらしい口調で、一週間に一度しか磨かないような口を近付けてくる男たちとも付き合わないで済む。

ビビアンはすぐに結論を出した。

「劉さん、わたしにやらせてください」

*

劉俊傑は一回だけビビアンを抱いた。ビビアンが彼と二人きりの密室で、裸で向き合った時、覚悟していたのは激しく犯されるような夜伽《よとぎ》であったが、それはまるで確認要項を一つ一つ監査してゆくような夜であった。愛情もなければ、悪意もない、一切の感情を押し殺したように劉はビビアンの身体を余すところなく「確認」してゆくのだった。

ビビアンを抱いた翌日の朝、劉は彼女に会いにマンションにやってきた。ビビアンが劉に住居として与えられていたのは、見るからに高価な調度品が揃った、部屋の広さが四百平米もある大きなマンションの部屋であった。お金持ちの妾《めかけ》に与えられるような、控えめだが歴史が滲むその部屋では、食事、洗い物、掃除すべてが家政婦によって執り行われていた。また、彼女は自分の意志で外出することは禁じられた。ビビアンのいた七階の部屋はそのマンションの最上階で、一つの階がまるごと彼女の部屋になっていた。エレベーターホールはマンションの中にあるが、彼女の部屋とエレベーターホールの間はアールデコのデザイン彫刻のついたクリスタルの壁で仕切られていた。そして壁の向こうには太ったスラブ系らしき年配の女性数名が時々交代しながら常に座っていて彼女の部屋への往来を管理していた。マンションの庭に入る門の前にはまるで軍隊の衛兵のような機関銃を持った大柄の男が二人立っている。優に一万平米はある、明の全盛時代を思わせる拙政園のような華麗な様式に造られた前庭を抜けて玄関に着くと、そこには鉄の扉がついていて外から中は見ることができず、中からは厳重に、防犯カメラと、兵士のように武装した防犯係によって監視されている玄関があった。劉はビビアンを来訪する時はいつもそこまで誰にも咎《とが》められることなく一直線に進んだ。鉄の扉が開き、小銃を持ち防弾チョッキを付けた防犯係がエレベーターの壁に付いた鍵口に鍵をさしてそれをひねると、エレベーターは劉を乗せてまっすぐ彼女の部屋に向かった。ビビアンの部屋には、拙政園の遠香堂のように四方に窓が設えてありそこから小さな岩の丘、古木、竹林、草花など園内の景色を一望できるが、ビビアンはそこに劉が到着するのを待っていた。

到着した劉が優しく戸を叩くと、ビビアンは「どうぞ」と応えた。

劉俊傑はビビアンの顔を冷静な笑顔で見ると彼女に向かって短く言った。

「今晩、君は客をとる。台湾人ではない。外国人だが命を預ける程に尽くしなさい。どんなことでも言われた通りにしなさい。もしその客に気に入ってもらえなかったら、君は即刻解雇になる」

これはビビアンにとって最も嫌なことであった。家族には誰にも言わなかったが、最初に劉に雇われた時には、内心完全な娼婦《しょうふ》になる決心までしていた。ビビアンは決死の覚悟で乗り込んだ。

しかし、まるで雲上人が暮らすようなマンションに囲われていたし、店には出てもやる仕事といえば、ガラス張りの壁の後ろで高級な飲み物を手に、ホステスたちやボーイたちの接客の様子を劉と一緒に見るだけであった。壁のうしろは店内からは全く見えないようミラーガラスに加工がしてあった。そして店が終わらぬうちに何事もなくロールスロイスでマンションまで送られる。朝起きてから夕方店が始まるまでは習い事で埋めつくされていた。午前中はトレーナーがついてジムでの激しいトレーニングから始まり、毎日午前午後二時間ずつの英国人とフランス人、スペイン人、そしてアラビア系の教師による英語とフランス語、スペイン語、またアラビア語の対面式の言語訓練があった。そして曜日によって内容が異なる特に台湾、アフリカ、中近東とヨーロッパの詳細な歴史、宗教、哲学、数学、物理、化学の授業がそれに続いた。もともと勉強をする機会を小学校以来全く与えられなかったビビアンにとって、これらはすべて刺激的であり、彼女は間もなく夢中になった。彼女の学識の吸収の速度は上流階級のエリートコースを専門にする講師陣の面々も舌を巻くほど速かった。特に言語に関しては二年目の半ばには既に母国語よりも英語フランス語のほうの語彙《ごい》が広くなり、またアクセントもネイティブの標準語と同じ響きであった。

　彼女が劉に囲われてから、あの日に一回だけ抱かれるまでの二年間は、彼女はこのような生活の繰り返しであった。

ある日母親がビビアンを訪ねてきた。その時母親の郁方は、二年目に入ってからは彼女に劉が毎月五万ドルくれていて、そのうち五千ドルを母親に、そして四万五千ドルをビビアン名義の口座に入れて自分に管理させていると言った。そして母親は、劉には、ビビアン名義の口座は自分が許可するまでは一切使ってはならないし、その口座があることを家族も含めてビビアン本人以外には誰にも言ってはならないと言われたという。ビビアンはこの話を母親から聞いた時、万が一口座のことが母親とビビアン以外の誰かに漏れたことが分かった時には、母親とビビアンそして家族のすべては抹殺されるのだろうと感じた。なぜだか分からないがそうなるという確信があった。それはきっと劉が時折見せる目の光が彼女にそう思わせたのであろう。

英国のケンブリッジ大学経済学部を首席で出たという噂のある劉俊傑は、不思議な男だった。劉は台湾で最も恐れられ総統よりも力があるといわれる馬王の総裁に次期就任することが期待されていた。それにもかかわらず、彼の身のこなし、言葉の使い方すべてに極道というよりは一流大学の優秀な教授を思わせる風格があった。しかし時折見せる目の奥に光る何かが、彼がかつて人を殺めたことがある、もしくはそれよりずっと恐ろしいことに関わった経験のあることをビビアンに確信させた。彼が垣間みせるその眼差しを受けてしまうと彼女は蛇に睨《にら》まれたカエルのように震えて動けなくなった。そんな時、劉は、「ビビアン、わたしは君を愛してはいないけれど君のことが好きだ」と言って優しく肩を抱いてくれた。この彼女のいまの環境は、今や彼女にとって失いたくないものになりつつあった。

そしてその日がやって来た。


ラテン系ヨーロッパ人らしい男が彼女のマンションを訪ねてきた。前夜から降りしきる雨が広い前庭の木々草花に打ち付けられて、地面から跳ね返ってくる水しぶきとともに匂い立つ草木の香りが庭全体を覆った。彼女は朝五時には目を覚まし、「どのような人が会いに来るのだろう?」と庭の門から玄関に続く小径を窓からじっと見つめていた。

ビビアンは下着をつけないままゲージが最も繊細なランバンの黒のストッキングを直肌につけ、白のフレアのミニスカートを着込んでいた。シャーリーオブハリウッドの肌が透ける黒のメッシュ生地のシャツの下にも下着はつけなかった。アメリカの下着のカタログを見ながら彼女は自分なりに「男を惹《ひ》き付ける魅力」というものを学び、自分に合ったかたちを考え出していた。そして劉に誕生日にもらった純白のシャネルのワイドカラーのジャケットを羽織った彼女はダイニングチェアでもなくアームチェアでもない、深くしかも二人で隣り合って座ることのできるソファに男を導いた。ずり上がったスカートを気持ち下げる素振りを見せ、ひざ頭を少しだけ彼の長い足に触らせる座り方で彼女は優しい笑顔で彼に話しかけた。

「初めまして。ビビアンといいます」

「どんなことをしてもこの客に気に入ってもらう」彼女のこの固い決意は内側に潜めたままでい

た。

「わたし、こんな素敵な男の人は初めて見た」

これは本音であった。劉もそれまで彼女が見たこともない程目鼻立ちの整った美しい男ではあったが、この男は並外れた美貌を持っていた。欧米人独特の卵型の後頭部からその美しい顔に流れるように生える焦茶色の髪は多過ぎることもまた少な過ぎることもなく、適度に短く刈られて、彼の顔や耳の西洋的な爽やかな男臭さを尚更際立たせていた。前頭部からまっすぐに口元に向かって伸びた、透き通るような肌質の鼻はまるでヨーロッパ史の教本で見たローマの皇帝の塑像のように整ったかたちをしている。大きな二重の瞼の奥の大きな瞳はエメラルドのような緑色で、薄過ぎず厚過ぎず大き過ぎることもない唇はきっちりと閉じられている。神の与え賜う美というものを男はすべて享受しているように見えた。

「この男に滅茶苦茶に抱かれてみたい」

会ったことも話したこともない男の姿を一回見ただけでこんな気持ちになるとは、彼女にとってそれは、生まれて初めての経験であった。

「何か飲むかしら」

試しに英語からフランス語に切り替えたビビアンに、男はそれには全く興味がないという素振りで優雅な響きのフランス語で言った。

「今すぐここを出て私と一緒にヨーロッパに行く用意はあるか」

「連れていってください。ただし両親と家族のことは絶対に保証してほしい」

ビビアンは口から出てきた言葉に自分でも驚いた。この意表をつく問いかけに対する返答が、まるで待ち構えていたかのように自然に出てきたからだった。男は間髪を入れずにそれに答えた。

「家族は一生楽に暮らしていけるようにすることを保証する。君の父親には常時看護師を二人付けてやる。但し羿豪は家族から引き離して劉が引き取る。家族には二度と近寄らない誓約をさせてな。この誓約をお前の兄が守るかどうかで彼の生死は決まる。その結果は残念ながら保証できないが……。明日中に荷物をまとめろ。両親や家族には別れの言葉は言えないぞ。君は明日から失踪することになる。永遠にな。良いか」

「はい」

「永遠に」という言葉に一瞬狼狽《うろた》えながら、彼女は毅然《きぜん》とそしてはっきりと返事をした。

男はやにわに立ち上がると、後ろも振り返らずに部屋を出ていった。最初にこの男に会った瞬間にビビアンは本能的に理解していた。

「今日は私の革命の日なのだ」

作戦　*Operation*

「それではこれから作戦について説明する」

作戦本部長のアリストクラテスが、低い声を絞り出した。

「今回の作戦では刑務所へ護送される同志の救出が第一の目的となる。一方で、救出の場所の候補が郊外の国道とパリの二つある作戦パターンのうち、どちらを遂行するかの選択についてはキャンプで説明した通りだ。郊外の場合は問題を最小限に抑え切ることが予測されるが、パリで作戦が実行された場合は一般の民衆を巻き込む可能性も否定できない。その場合に備え、報道機関にもて囃《はや》される追加作戦を並行して計画する。誰かを救助する美談を作り上げるのだ。この救助作戦の責任者兼実行者にビビアンを任命することとする」

戦闘員に与えられた役割は、実行現場を作戦範囲外から監視して、巻き込まれそうでかつ、救出可能な状況下にある一般市民の命を危機一髪の状態で救い、現場を去る際に状況証拠を残してくる、というものだ。美談を作り出して組織への世論の反発を最小限に抑制する世論操作戦術の一つである。実はこの追加作戦に戦闘員を任命することにはアルフォンソが抗議反対した。「組織の最優秀戦闘員を世間の目に晒《さら》す危険性の回避」を論陣に張って彼は作戦本部会議で「彼女以外の戦闘員の任命」を強く主張したが、アルフォンソに同調したのは幹部十五名のうちルシファー一人だけであった。

「ならば誰を任命するというのだね？」

議長のアリストクラテスの単刀直入な質問にアルフォンソが提出した二人の代替要員候補案は

「説得力を欠く提案」とはねつけられた。

「失敗率が十パーセントを切る戦闘員が減っている」

アルフォンソも認めざるを得なかった。作戦遂行失敗率が十パーセントを下回る戦闘員グループはトールと呼ばれ、十年前にはその構成員の数は三十人を超えていた。この数は世界の数ある活動組織の中でも群を抜いていた。それが引退、死亡、脱落等で今は三人が残るのみになり、しかも、現在その一人のセネガル出身のグレースはキプロスに行っている。もう一人はコルシカにおける作戦に出ているドイツ出身のウーテだ。実はさらにもう一人、トールの中でも突出した能力を持つ四人目の構成員がいるのだが、その戦闘員は台湾からアフガニスタンに向かって以降、行方が知れなくなっている。今回の作戦の難しさを考慮すると確かにビビアン以外にそれを安心して任せられる人間はいない。結局、最も優秀な戦闘員を喪失するリスクを考慮して、美談を作り出して組織への世論の反発を最小限に抑制する戦術は行われないことになったが、ビビアンが作戦の中心的役割を果たすことは決まった。アルフォンソにとっては、幹部でもない捕虜の救出に組織の最高の戦闘員を向かわせることには乗り気になれなかった。しかし結局のところ、彼は、組織もビビアンの面が割れる危険については最大限回避する方向で理解をしてくれたことで良しとした。

＊

パリの作戦は、バスク解放同盟の最高指導者のグレゴリオ・ランガラ・レカルテがパリの病院に移送された時、「毒殺されることを防ぐ」ことを目的として立案された。作戦は、彼に瓜《うり》二つの構成員を病院に送り込み、すり替えるものであったが、隙のない実戦遂行がビビアン主体で行われ見事に成功した。ただ、作戦に参加した構成員の中の一人がパリを脱出する時に、偶然、過去に一度彼を逮捕したことのある、グアルディア・シビル（Guardia Civil　スペインの国防省・内務省の統括する治安警備隊）の元隊員と鉢合わせをしてしまった。逮捕された彼の名前はジャクイン・ラフォンといい、その後脱獄していて、元隊員にとっては屈辱の思い出となっていた。優秀だが比較的経験の浅いジャクインが「テロリストだ‼　捕まえろ‼」と叫ぶ元隊員の脚を撃ってしまったことで、パリ警視庁所属の警官たちと銃撃戦になってしまった。

「ジャクイン以外はすべて、この事件に巻き添えになるリスクのある一般市民を守ることに専念して」

ビビアンの判断と指令は早く、その結果、作戦に参加した構成員たちが市民の保護に走り善意の市民として感謝されながらパリを脱出するという離れ業を可能にした。そして結局、ジャクインが逮捕されたという事実以外は、その時点では、作戦自体も含めてパリ警視庁に知られることはなかった。後日、病院内での血液検査の際に、グレゴリオ・ランガラ・レカルテがすり替えられていたことに病院の医師を通じて気がついたパリ警視庁の面々は、それに加えて身代わりの人間にも逃亡されるという屈辱を味わうことになった。警察と撃ち合いになったジャクインともう一人は、撃ち合いのあと逮捕されたが、彼らもまた、すぐに脱獄した。このような経緯を経て、ビビアンの組織内に於ける信頼は、それまでの幾つかの作戦に加えて、パリの作戦の成功によって確固たるものになろうとしていた。ビビアン本人にとっても、この作戦の成功は自らの判断力と作戦遂行能力、そして危機管理能力への自信を深めることへと繋《つな》がった。ただ、そこにはたった一つの誤算があった。それは、ビビアンが救った市民が、彼女にとって初めて恋愛感情を持つ相手になってしまったことであった。

＊

パリの作戦と連続したもう一つの作戦の終了を受けた会議が終わると、アルフォンソは自らの執務室に向かった。ゆったりとしたアームチェアに座すと同時に、彼はパリでの作戦に続いてビビアンが改めてその才覚を明確にした二年前の Pluto Ultimate（究極の冥王）作戦のことを思い出していた。

＊

「教習で教わった音と違う」

その音が耳を掠めた瞬間、ビビアンはそう思った。教習では「空気を切り裂く音」と表現されていた。今の音は、自分の現在位置から体五つ分ほど離れたところから聴こえてくる熊蜂の羽音のようにビビアンの耳に響いた。

「私が、この戦闘で倒されることはない」

この極めて強い確信が臨戦状態の中における自分の精神状態の均衡を保っていることに、ビビアン自身は気付いていなかった。それはビビアンの資質のひとつだった。

煌めく閃光《せんこう》がビビアンの耳元や肩、脚を掠めてブーンという音を立てて空気をすりながら一直線に走っていくように幾筋もの軌跡を描いていった。その軌跡を目で追うことのできる自分自身にビビアンは戦慄した。その軌跡を目で追いながらビビアンは「私は今死なない運命の道の上を走っている」と確信していた。そして同時に自らの体の中で次第に高まる恍惚感を覚え始めていた。それは儒教的な倫理観を徹底的に両親に教え込まれた人間にとっては罪悪感が自らを同時に苛むことも意味していた。

「迷ってはならない」

ビビアンは自身の心に言い聞かせた。


ふと一つの影が自分の右斜め後ろを横切ったことが感じられた。瞬間、ビビアンの体は床の上を丸まりながらころがっていた。ビビアンが毛足の長い絨毯《じゅうたん》の上に置かれたソファの後ろに辿《たど》り着いた途端に空を切る音がしたと思うと何本もの火のついた弓矢がソファに突き刺さったことが分かった。ソファに火がつき燃え広がってゆく。

「火のついた弓矢を使う相手……」

サハラ砂漠の地下の広大なキャンプで学んだ仮想敵グループについての記述を必死に思い浮かべながら、ビビアンは心身の状態を反撃態勢に切り替えた。部屋の中には煙だけではなく、何かゆっくりと甘辛い匂いが充満し始めてきた。

「火の矢……そして矢毒……」

アフリカの国々にそれを使用する国があることは確かに学んだ。しかし、なぜその国が我々を襲うのか。ビビアンの目眩《めくるめ》く脳裏に一つの固有名詞が浮かんだ。

「イリヤバング……」

イエメンの無政府主義グループのイリヤバングは、西洋の文明が「神の贈り物」である空飛ぶ鉄（飛行機）や火を噴く木（銃）を神に無断で悪用しているという特殊な説を信奉している。彼等の哲学は、文明や科学そのものを否定するのではなく、そもそも人間が創造するものすべてが元来、神の発想から生まれていて、神の意志はそれらを大自然と融合させることを示しているのに、人間の心の目が閉じられているためにそれを私利私欲のために悪用している、という理屈である。これは一見仏教の教えに似ているように聞こえるが、イリヤバングの論理と仏教の教えには少なくとも一つの明確で大きな違いがある。仏教の教えでは「貪（むさぼり）・瞋（いかり）・癡（ぐち）」という三つの毒とそこから生まれる五つの罪「殺生・窃盗・姦淫《かんいん》・口業《くごう》・泥酔」を否定し禁じることによって争いや戦いが生まれることを未然に防いでいる。これに対してイリヤバングの哲学では「自然の摂理に逆らい私利私欲に導かれた汚れた存在を排除する」ことを是認している。つまり、自分たちの理論を受け入れないすべての存在を抹殺することを認めているのだ。このためにイリヤバングは民主主義と平和を主張する国々のみならず、アブド・ラッボ・マンスール・ハーディー率いるスンニ派の支持を受けるハーディー派と、シーア派の支援を受けるフセイン・バドルッディーン・フーシ師を源とし現在彼の異母兄弟のアブドルマリク・アル・フーシが率いるフーシ派等の諸政治組織にも警戒されている特殊なグループなのである。従って、彼等は誰の影響力を受けることもなく活動を続けている。そんなことを学んだ記憶がビビアンに蘇《よみがえ》ってきた。確か、彼等は体内に一度注入してその生命体を殺したあとは消滅して証拠を残さない両生類や植物の混合毒を使っていたはずだ。

「でも、スペイン政府軍の特殊部隊ではないのか。なぜ、イリヤバングがここにいる」

ビビアンは上層部からスペイン政府軍の特殊部隊のキャンプへの侵入を未然に防ぐことを使命として預かってきた。しかし、今彼女が対峙《たいじ》している相手は政治思想のない敵だ。

「理由はともあれ、これは面白くなってきた」

ビビアンの中に、以前から存在はしていたが、生まれてこの方一度も表に出てきたことのない感情が突然、しかも一気に現れてきた。少し前に感じた恍惚感に似た、このもう一人の自分を受け入れることが自分の命を護ることに繋がる。普通の人間の情緒に支配されてしまうことは自らを「死」に至らしめるのみ、そう確信したあとビビアンは自らの身体を攻勢に転換した。

「相手は二人だ」

イリヤバングの部隊は通常二人一組で行動するとキャンプで教えられた。彼らの組織では、その態勢で戦う方法が一番効率の良いものと信じられている。

ビビアンは腰に付けている円形の手裏剣を素早く取り出すと空中に投げた。弓矢が当たりクリスタルグラスを鳴らしたような透明な音が部屋中に響き渡った。当たった弓矢を跳ね返しながら力強く空を切り続けた手裏剣から水中で水を切るような音が聞こえてきた。少なくとも敵の一人を倒したことを確認したビビアンは、そこに注意を向けているであろう残りの相手の一瞬の隙を逃さず、二つの手裏剣を一つ目と二つ目の間に一・五秒の間隔を空けて投下した。訓練所で繰り返し習得した「予期せぬ予期の隙」だ。人間が何か身に危険が生じそれを未然に防いだ時に次の攻撃または防御に備える前に生じる一瞬の隙をキャンプではそう呼んでいた。計算通り一つ目が何かに跳ね返された金属音がしたあと、二つ目の手裏剣から水を切り裂く音がしてもう一人が倒れたことが感じられた。

この直径十五センチほどの円形の手裏剣は三層になっている。一層は最初の一撃を担うが、次にソードボックスと呼ばれる三層のブレードを収める容器から二層目のブレードが飛び出して内臓を切り裂く。そして最後に一番大きな三層目が高速回転で骨もろとも身体全体を分断する。手足以外の部位に打ち込まれたら最後、助かる可能性はほぼない。あの二つの音は確実に敵の身体の中心部位に打ち込まれた音である。ビビアンはゆっくりと立ち上がると、マホガニィの化粧棚の後ろに一人、そしてその並びの扉の陰の洗面所にもう一人が完全に事切れていることを確認した。そのあと彼女は二度と振り返ることなく部屋の中から外に向かって歩き始めた。しっかりとした足どりで数歩前に進むと、思いもよらずビビアンの目から大粒の涙が流れ出してきた。なぜだか分からなかった。ただ、恐怖や憐憫《れんびん》が原因で出てきたものではないことは知っていた。ではなぜ。それは、今のビビアンには皆目見当がつかなかった。

軍事用ヘリコプターが外の空き地に降りてきた。ビビアンはキャンプで教わった通りに手裏剣を投げる直前に自分の奥歯の右に隠してある成功通知用のマイクロ通信機を稼動させていた。奥歯の左には別の小型のカプセルが嵌め込まれている。その小型カプセルの中には服用すると即死することのできる化学薬品が入っていた。小型カプセルが噛み潰されると失敗通知用のマイクロ通信機の注意信号が放たれる。その瞬間、ヘリコプターは作戦の失敗を理解して爆撃か撤収を始める。今回の作戦はその事態が生じず、成功通知用のマイクロ通信機から信号が送られたのだ。ビビアンを乗せたヘリコプターが地上から飛び立ち、空高く上昇していく中、ビビアンは窓から遠ざかっていく砂漠をじっと見つめながら三か月前のパリで行われたあの作戦のことを思い出していた。

「あれは一体何だったのだろうか」

＊

少ししてビビアンは我に返った。彼女がパリの作戦のことを思い始めてから数分もしただろうか。やがて、パタパタとヘリコプターの機体を叩く乾いた音がし始めると砂漠には珍しい雨が降り始めた。あっと言う間に遥か眼下の乾燥した大地は、透き通った水に牛乳を混ぜたあとのような靄《もや》が蒸す白一色の海原に取って代わられていた。

「神様、いや仏様はこういう時に姿を現してくれるのだろうか」

彼女は心の中で手を合わせて、彼等に話しかけた。

「仏様、私は生きている価値のあまりない人間です。時々、自分がなぜここに立っているのだろうかって疑問に思うこともあります。キャンプで教えられた人類救済のための崇高なイデオロギーというものも少しは理解した気もします。でも、人はその崇高な考えを達成するためにその考えに反する言動をする人々を抹殺しなければならない、という論理が正しいのかは私には分かりません。ただ、それを実行しなければ自分が抹殺される側になるのだということは理解しました。だからといって人殺しをした人が天国に行けるという考えが正しいとは思えない。そうキャンプでは教えられたけれど、私は、私たちは皆、殺してそして死んだら、どこか許されざる地、贖罪《しょくざい》の地に送り込まれることを確信しています。私は……そのことは覚悟しています……。それでも、私は……、時々……、私は……、何で、自分がなぜ今ここに立っていることが許されるのかって……思うのです。でも神様、ここにこうやって生かされているということは、何か、神様が私にもこの世界で役割をお与えくださっているということかもしれないとも感じます……。そして、私には今、それを信じて前進していく道しか残されていないのです。神様、感動って何なのでしょうか。アルフォンソは〝感動とは神様が自分の上に降りてきて、そして心の中に入ってくるとき自分と一体になれるほんの一瞬のこと。そしてその時に、体全体が震えを感じる経験ができるんだ〟と教えてくれました。一度でいい、一瞬で良いですから、神様、私の上に降りてきてくださいますか。その感動が終わる時、私を一緒に天にお連れ頂けますでしょうか。神様、私には希望というものがありません。父や母、愛する兄弟たちに会いたい。でも、私はこの世に存在していない亡霊です。もうその夢は叶うことはないでしょう。私が、こうやって与えられた役割をはたしているうちは、きっと私の愛する人々が不自由なく生きていることは分かる。もしこんな私にも生きていることを身体の奥底から実感することが許されるならば、神様、人生でただの一回で良いから、私もその感動というものを味わってみたい。神様と一体になってみたい」

ふとビビアンが視線を地上に戻してみると靄がすっかりと晴れて、今まで荒涼としていた砂漠一面に、年に数回だけ雨が降るたびに開花する小さな花が赤い絨毯のように地面を覆い無数に咲き誇っていた。

「神様が近くにいる」

ビビアンはそう思い、また、涙が溢れ出てくるのを感じた。

「今日の私は、変だ……」

彼女はひとりごちた。

運命の力

Unexpected Fate

モンマルトルの丘を登っていくには二つの行き方がある。一つはケーブルカーが麓の広場から頂上まで設営されている側からそれに乗って上がっていく行き方で、もう一つは丘の反対側から丘に沿って住宅地をうねうねと通り抜ける石畳の坂道を登っていく行き方である。セバスチャンはこの人通りの少ない静かな道のほうをベネディクトと一緒に手を繋いで登っていくのが好きだった。二人は一言も言葉を交わさずに坂を登り続けていた。

いつもであれば、それぞれが一人の時に起きたことを話し合ったり、自分たちの夢について語り合ったり、また、時には二人の将来のことを想像し合ったりしたものだった。しかし、最後に二人が将来共有できるはずの生活観について話が及ぶと二人とも気持ちが熱くなり、結局は喧嘩になってしまうことが多かった。二人は同じような中産階級に生まれ育ちながらどこか本質的なところが異なっていた。

セバスチャンの父親のアントワーヌは、店では社交的だが私生活では厳格な昔気質のパリジャンであり、「男は仕事をして稼ぎ家族を養う。女は子供を産み育てて家事を治める。そして、女は男に従うもの」という固定観念を持っていた。アントワーヌは彼の父親からブローニュの近くに二つ星のレストランの経営を引き継いでおり、長いことその二つ星という地位を保っていて、それを誇りに思っていた。彼は社交的な一方で、プライドが人一倍高く、時折訪れる作家や画家と「芸術としての料理」について夜遅くまで語り合い、ある時は情緒的に走り過ぎて客を追い返したり、またある時は感動のあまり泣いて客と抱擁し合ったりという感情の浮き沈みの激しい一面もあった。一方母親のクレアのほうといえば、コートダジュール沿いの街ラナプールに雑貨屋を営む家の生まれで、兄が二人いた。クレアの母親つまりセバスチャンの母方の祖母はクレアが三歳の時に病気で他界していた。クレアは、三人の働く男たちの母親そして妻代わりとして、幼い頃から家事を一手に引き受けてきた。彼女の兄たちはとても優しく、クレアは休みの日にはよく海岸に連れていってもらったり、一緒に泳いだりするという兄弟の結びつきの強い環境で育っていた。クレアはこういった自分の生活文化を誇りに思っていた。クレアの父親のレオは厳格で、「女は決断ができない。人生は男の決定ごとに女が従って感謝の気持ちをもってついていくものだ」と真顔で言ったものだった。それを彼女は何の疑問もなく受け入れて大人になった。実際、彼女の家の周りの住人たちも同じような価値観を持っていて、「余計な教育を受けた女は嫌な女になる」という父の言葉通り高等教育を受けることを許されなかった。彼女もそういった考え方に疑問を挟む余地もなく、周りにも疑問を呈する友人もいなかった。少し離れたところにある誰がいるのか外から全く分からない程の鬱蒼とした木々に囲まれた広大な別荘地には、大きなお屋敷に教養に溢れ先進的な考え方を持つ女性たちが住んでいた。しかし、そういった女性たちとの交流もまったくなく、父の友人の紹介を経てアントワーヌと結婚しセバスチャンを産み今に至るまで、クレアは自然とこういった古風な男女観を受け入れて生きてきたのだった。ソルボンヌ大学の経済学部を中庸な成績で卒業したセバスチャンは、そういう保守的な父と母を持つ家庭環境に育ったこともあって、大学の女性の友人たちの先進的な男女観に対して、特に攻撃的に議論を仕かけることもしない代わりに、進んで受け入れることは決してなかった。

一方、アンティーブの緑鮮やかな生け垣に囲まれた庭の広い家で幼少期を過ごしたベネディクトの父親のニコスは弁護士で、母親のアナイスは薬剤師であった。両親が高等教育を受けた共働きの中流家庭の典型的な環境の中で育ったベネディクトは、小学校を出るまでは金曜日と土曜日、休前日、クリスマスや新年等の特別な時期を除く毎晩八時には床に就かなければならず、起床時と就寝時、そして誰か知人に遭遇した時には必ず相手に好印象を与える挨拶をしなければならないと教えられて育った。時と場所に応じた身だしなみを常に心がけること、そしてものの言い回しと行動にそこはかとない気配りをすることで知性を表現することを幼い時から両親に徹底されたことで、自然と平衡感覚の高い謙虚で落ち着いた人間に育っていった。

ベネディクトの父親のニコスは妻のアナイスに対して、食事を用意された時、掃除をしてもらったあと、その他何かアナイスが彼女自身のため以外のことをした時には必ず心のこもった低めの声で「ありがとう」と、感謝を表現することを欠かさなかった。ニコスはまた、週末は「お母さんを解放しなければいけない」と言って、積極的にベネディクトと遊び、料理、洗濯も家政婦にも任せずに自分でしたものだった。六尺を超える長身をしなやかに動かしながら、ゆっくりと海岸線を家族三人で歩くことを好んだ父のニコスは、流行を追いかけることはなかったが、常にどこか知性のある感覚を彼と向き合う人たちに自然に感じさせる装いをしていた。そして彼は生来その存在自体に女性を引きつける何かを持っていた。海岸線の喫茶店に寄った時、買い物や用足しのために店に出かける時や、家族との旅行で田舎の宿泊施設に泊まる時には、女性従業員たちが必要以上に媚《こ》びて彼に話しかけるのを幼いベネディクトは少し嫉妬と不安の混ざった気持ちで観ていた。

一方アナイスの両親は、アナイスが二歳の時に離婚していた。彼女は父親に引き取られ、父方の家庭で育ったために、母親の愛情を受けずに生活を過ごしていくことに慣れていった。父親はやがて再婚した女性との間にテオというアナイスよりも三歳年下の男の子をもうけた。テオは小さい頃からアナイスになつき、二人が十代になるとテオはアナイスに対してほのかな恋心を抱くようになった。しかし、母親が異なっていても姉弟であるという事実からアナイスはテオが自分に愛情を表現するようになるとテオから距離を置いて接するようになっていった。テオの母親がアナイスに無関心であまり彼女に接してこなかったことと、父親が仕事で忙しく、週末、夏休みとクリスマス以外はアナイスを構うことができなかったために、アナイスは割合に自由な環境で育っていった。

アナイスとニコスの出会いは、アナイスがソルボンヌ大学への入学が決まり、パリに独り住まいを始めた日に廻ってきた。幼い頃から話に聞き、写真でも観たことがあったが一度も訪ねる機会のなかったパリという街を、好奇心いっぱいに彼女が歩き回っていた時に、後ろから突然ゆっくりと声をかけられたのである。「突然ゆっくりと声をかけられた」という以上の表現が見つからない程、安心感のある低めで、抑えた響きのあるニコスの声にアナイスの体は熱くなった。振り返ると、ニコスの出身地でスペインとフランスの国境に近い街ペルピニオンの香りのするスペイン風の風貌に、アナイスはまだ大学に登校する前だというのに一目惚れしてしまった。実は、ニコスはアナイスに声をかけたサンジェルマンに来るずっと前のトロカデロのあたりから長いこと何気ない振りをして彼女の跡を付けていた。アナイスは、生まれ育ったアンティーブとすべてが異なるパリの散策に夢中になっていて誰かに自分の跡を付けられているとは夢にも思わなかった。

声をかけてくれたニコスが同じソルボンヌの法学部で自分の所属する薬学部と近い場所に校舎

があることは、二人の関係を足早に近づけた。卒業後、二人は暫くパリで仕事をしていたが、ニコスがコートダジュールに大きな葡萄《ぶどう》農園を持つ貴族の資産管理を任されたことと、ニースで繁盛していた化粧品店を兼ねる薬局のオーナーが、子供が跡を継がないため売りに出した店舗を、アナイスが学友との繋がりで購入することができたことから、二人はアンティーブに移り住み、結婚をした。アンティーブでは、ニコスはその貴族から周辺に住む裕福な知人たちを次々と紹介されて、順調に弁護士業を営むことができるようになり、店の経営を引き継いだアナイスはソルボンヌ出身の経歴もあって地元の名士夫人たちとの交流を楽しんでいた。店のほうもそういったアナイスの社交上の付き合いの延長線上で上客が集まって、繁盛していた。

ベネディクトはこの二人の間に生まれ、共働きの両親の元で共に暮らすことになった。このような教養のある両親の元、暖かく緑美しいアンティーブの環境の中で、両親の愛情と地中海の太陽を受けながら育った小柄なベネディクトは、おっとりとした知性溢れる優しい笑顔の美しい少女に成長していった。

ベネディクトとセバスチャンは、モンマルトルの丘に向かう道の、周囲の途中に点在する高名な作家や政治家の家々の前で時々立ち止まり、それらの古い建物からにじみ出てくる空気をじっと感じていた。ベネディクトはふと立ち止まって彼女の肩を抱いて引き寄せようとするセバスチャンに少し抗いながら、これらの家々が建てられた中世のフランスに心が翔んでいった。太陽の香りがした時代、丘の頂きの水汲み場に泉から湧き出る水を汲みに行く人々や市場から食材を買い付け馬に引かせたリヤカーで石畳をゴロゴロという音を立てながら運ぶ人々がいた。この時代には、こういった王侯貴族の周辺の人々以外の市民は何を考えて、どうやって暮らしていたのだろうか。収穫物の多くを搾取された農民や、税金を納め終わった市民は、きっと食べるものが不足していて満腹という感覚を享受することは少なかっただろう。ベネディクトは、自分がその時代の修道院の修道女になって、彼等を救えたらと考えた。たとえ自分自身の食を彼等に与えて、自らが寒い冬の雪の中で餓死しても良いと思っていた。

突然後ろの側道から走り出てきた誰かがセバスチャンの肩にぶつかり、その年の端が十六歳から十七歳ほどの青年は驚くセバスチャンとベネディクトの間をすり抜けるように走り去っていった。そのあとを、怒りが収まらない様子の同じような年頃と思える青年が何かを叫びながら拳を振り上げて彼を追いかけていった。

「喧嘩でもしたのかしら」と彼女が言った。

暫くの沈黙のあと、二人はまた登り続けていった。丘の上のいつものレストランで二人の共通の友人であるマリーと夕食を一緒にとる約束をしていた。

ベネディクトにとってマリーと会うということは、楽しい、そして時には悲しい気持ちをたくさんさらけ出して自分を解放するということであった。それに対して、セバスチャンにとってマリーと会うということは、できればベネディクトと二人きりで会いたいが、多くの人たちと人生を共有したいというベネディクトの人生観を尊重して、恋人としての義務を果たす行事であった。付き合いはじめて三年目の二人の間にはもともと生まれ育ってきた環境の違いから由来する、根本的な男女観そしてひいては人生観の相違が、事あるごとに様々なかたちをとって現れてきていた。

丘の上はアメリカ人の観光客で賑《にぎ》わっていた。どこに行っても大きな声で言葉を交わし合う外国の老若男女たちがまるで朝の地下鉄の中の群衆のようにひしめいていた。既に夕方の七時を回っていて日はとっぷりと暮れていた。夜の七時と言えばまだパリでは食事には早い時間だが、ここでは「まだ食事が始まらないのだろうか」といった外国の観光客の人々の気持ちが伝わってくる。この喧噪《けんそう》を離れた、裏道の坂を登り詰めた角にそのガレットレストランはあった。二十人も入れば満席になってしまうこのレストランでは地元の客しか見かけることはない。その店の奥の隅にあるいつものテーブルにマリーは既に到着していた。ベネディクトとセバスチャンが首に巻いたマフラーを外しながら近づくと、マリーは立ち上がって二人と次々に抱擁を交わした。テーブルは丁度二階に上がる階段の下の部分を覆う漆喰《しっくい》の天井の下にあり、外の道より低くなったテーブルからは窓を通じて外を行き交う人々の忙しい脚を観ることができた。顔を見ずに動く脚だけを観ていると不思議な気持ちになる。いかにも待ち合わせに遅れた様相で前のめりに進む脚、ゆったりと歩く優雅な脚、彷徨《さまよ》うように揺れる脚、しっかりとした足取りで進む脚、男の脚、女の脚、千差万別な脚。この小さな窓を通して見える脚の数だけ異なった人生があるのだ。

「見て、あそこを走っている小さい足。よたよたしているようでしっかりと、でもちょこちょこと走っているわ」

マリーは深い愛情のこもった笑みを浮かべて続けた。そしてすぐに心配な顔になって、

「あんなにたくさん足を動かして……。お兄さんかお姉さんを追いかけているのかしら……。転んでしまわないか心配だわ……」

マリーは早くに結婚して三人の子供をもうけたが、一番下の子供が六歳になると夫の勧めもあって主婦の生活から一念発起の勉強をして、外務省で働くことのできる資格を取って領事部に勤めていた。一年前、彼女が資格を取得したあと夫に他の女性との交際があることが分かり、それ以来二人は別居状態にあった。夫の浮気が発覚した時、マリーは深夜に三人の子供を連れて裸足でベネディクトを訪ねてきた。取るものも取り敢えず家を飛び出したのだろう、涙が既に乾いてしまったままの切羽詰まったその顔を見たベネディクトは何も言わず四人を家に迎え入れ、心配そうな顔で母親を見つめる子供たちに「ラッキーリュック」を静かに読み聞かせながら寝かしつけた。そして彼らが眠りにつくと、マリーとダイニングテーブルを挟んで座った。マリーは長いこと何も言わずに壁や天井の方向を空虚に見つめながらタバコを続けざまに吸った。蒼い煙が何本も普段は透明なベネディクトのアパートの部屋の空間に漂った。ベネディクトは暫く黙って一緒に座っていたが、やがて会話のないまま先にベッドに向かった。寝室の部屋の扉を少しだけ開

けておいたが、ベネディクトはいつのまにか眠ってしまった。彼女が朝起きると、マリーも子供たちもいなくなっていた。そんなことがいつかあったのをベネディクトは思い出していた。

ベネディクトにとってマリーは、特別な存在だった。友達を作ることが苦手だった人見知りのベネディクトに対して、マリーはいつも友人たちに囲まれていた。そしてまたベネディクトは会う度にマリーに新しい友人の輪が加わっていることに驚愕するのだった。彼女は、次々に皆の興味を引くような話題を、ウィットに溢れた会話を通じて提供し続けた。その見事な会話の演出で人を笑わせたり、泣かせたりしながら彼女は決して人を批判したり傷つけたりすることはなかった。そういった意味でも、ベネディクトはマリーを尊敬していた。マリーが当時、新しいボーイフレンドのヴァンサンを紹介したのは、もう十年も前になる。国営企業に勤めるシステムエンジニアの彼を初めて紹介された時、ベネディクトは違和感を覚えた。ベネディクトはその時ファッションモデルになりたての友人のアンジェリークを連れていた。セーヌの河縁に浮かぶ船上のレストランで、四人で食事をとったのだが、途中でアンジェリークが離席した。そのすぐあとにヴァンサンも離席し、暫く二人が帰ってこなかったことを心配して、ベネディクトも船の最下部にある洗面所に向かった。その途中に通る回廊の陰で、ベネディクトはヴァンサンとアンジェリークが親しげに話をしているのを聞いた。それは明らかに男が女を口説き、それを女が少しためらいながら楽しんでいるという雰囲気であった。その話の中で彼は彼女の自宅の番号を聞き、彼女もそれを教えていた。食事のあと、ベネディクトはアンジェリークと口論をした。「あなたは友人の大切な人の人生を壊しても平気なの」というベネディクトに、アンジェリークは「人生なんてそんなもの。この世には善悪の力以外にも運命の力というものがあるのよ。まだ私たちは若いの。あまり堅苦しい常識に私を縛りつけないで……」と言い放った。そして、ベネディクトはそれ以来アンジェリークと絶交した。

「この世には善悪の力以外にも運命の力というものがあるのよ……」

このアンジェリークの言葉は、ずっとまるでドップラー効果のように時の過ぎ行く中で旋律を変えながら、ベネディクトの心の中に響き続けていた。

この事件以降も、ベネディクトと会う時にマリーはヴァンサンを頻繁に連れてきた。ベネディクトもマリーとヴァンサンにセバスチャンを紹介したが、セバスチャンとヴァンサンが親しくなっていくのをベネディクトは複雑な気持ちで受け止めていた。ある時、セバスチャンがヴァンサンに呼び出された。二人だけで話したいことがあるのだと言う。セバスチャンはベネディクトと育った環境こそ異なってはいるが、誠実さという意味ではひとつ筋が通っている男性である。セバスチャンはこの時も「一番大切な人はベネディクト」という彼の精神通り、事前に彼女に事の顚末《てんまつ》を伝えてくれた。これは、フランスの男たちの多くが男同士の友情を女友達との恋愛より優先するという男性優先社会の名残を頑に守っている中にあって、ベネディクトにとってはセバスチャンを評価している大きな点であった。

セバスチャンによると、ヴァンサンはまずレストランにセバスチャンを誘い、そこでマリーが妊娠したことを告げたという。そして彼は「結婚したほうが良いと思うか」といきなり切り出したのだというのだ。突然の重大な質問そのものと、その質問への自分の答えが少なくとも三人の人間の人生を左右する可能性を秘めていることに対して、セバスチャンはたじろいだ。ヴァンサンは下戸のはずなのにこの夜は赤ワインをボトルで注文し、続けざまに飲んだ。

「君しか相談する相手がいないんだ……」

と言うヴァンサンが突きつけた意外な孤独に、セバスチャンは意を決して答えた。

「子供には父親が必要だ」

「有り難う、決心できたよ……」

それまでの「悩める人」から一転して「確信を持った男」に変身したように見えたヴァンサンは、レストランで支払いを済ますとセバスチャンをコレット公園の近くのスタンディングバーに誘った。退廃的なアールデコの装飾で覆われた車二台分の駐車場程の広さのバーでは三十人以上の人々がひしめき合う店の中からはみ出していた。歩道に立つ幾つかの背の高いテーブルで、氷の浮かぶ黄色く濁ったパスティスを少しずつ飲みながらヴァンサンは次第に陽気になっていった。そしてなぜかセバスチャンは陰鬱な気持ちになり、ベネディクトに会いたくて仕方がなくなってきた。やがてヴァンサンがほろ酔い加減になってくると、店の奥から前歯の間に隙間のあるブロンドの女性給仕が意味ありげににやにやしながら出てきてヴァンサンの肩にしなだれかかった。

セバスチャンにウィンクをしたあと、彼女の腰を抱いて店の中に消えるヴァンサンを見送りながら、セバスチャンはとんでもない間違いを犯してしまった自分を責めずにはいられなかった。このことを眉間に皺《しわ》を寄せながら訥々《とつとつ》と話すセバスチャンを、ベネディクトはその夜一晩中愛し続けた。

ふと我に返ると、店の前から少し坂を上がったところの角に立つアパートの玄関に、先ほど怒って人を追いかけていた青年がたくさんの犬の糞を置いているのが外の道より低くなったテーブルから窓越しに見えた。青年はどこから持ってきたのか日曜日の朝刊ほどもある分厚い新聞紙でそれを覆い、何か液体のようなものをかけてから紙に火をつけて走り去った。火は燃え上がり、このままでは誰かが消防車を呼ぶことになるかもしれないとベネディクトは思った。すると先ほどその青年から逃げていたもう一人の青年が玄関から出てきて、必死に燃える新聞紙を消そうと靴で踏みつけた。火は何とか収まったが、その靴底には、べったりと汚物がこびりついた。彼は怒り狂って何かを叫びながら走り去ったもう一人の青年のことをののしっていた。この小さな事件に三人はすっかり魅せられていた。

「この世には善悪の力以外にも運命の力というものがあるのよ」という言葉がベネディクトの心の中で響いた。今度は心地よくそして可笑しく響いた。そして彼女は久しぶりに笑った。

奇跡　*Miracle to Come*

「もう一度やらせてください」

以前から昼食によく誘って仲の良くなった秘書を通じて、通常ならば上司の製作者を通じてしか得ることのできないはずの面会の約束を取り付けたベネディクトは、ロウラン・ドゥ・セムリエン会長の会長室で、会長の座す机の横に立ちしっかりとした口調と流麗な発音で言った。貴族の出のセムリエン会長は、流麗なフランス語を好み、くだけた、または標準語としての一般的なフランス語で話す人間を疎む。そのことを秘書から聞き出した彼女は、学友でやはり貴族出身のアンドレアに頼み込んで話したいことを文章に落とし、それを彼に「流麗に」直してもらい、さらに何度も発音練習をして、万全の態勢で面会に臨んだ。

「元々、この会社にとっては大きな製作費と製作管理の難しいルネ・シモン監督という組み合わせが重荷のこの映画を、敢えてやろうと指示した無謀な役員は私なのだよ」

思いも寄らないセムリエン会長の言葉にベネディクトは惹きつけられた。

「しかしね、誰がこの映画の製作を管理できるのだい。君の上司はうちでは比類のない強面で、百戦錬磨の三十年間映画を作り続けてきた名の知れた映画人だ。その彼が製作三分の一の段階で基本予算の二十五パーセント超過を余儀なくされた。だからと言って彼を左遷させたり退職させたりするつもりは私には全くない。元来無理な企画だったのじゃないのかね」

上司のロウラン・パスカルをセムリエン会長が殊の外気に入っていることを、秘書から聞き出していたベネディクトは、会長とのこの駆け引きが、いま自分自身を左遷させかねない重要な山場を迎えつつあることを知っていた。汗ばむ掌を紅葉の葉のように広げながら、彼女は何とか持ちこたえていた。

「この企画は感動であり、映像芸術の究極に触れる作品であり、フランスの文化と誇りを失わずかつ静かに物語る偉大な挑戦です。これを選択し、進めようとしてきたこの映画会社の勇気と先見性が実現することを、時代が求めていると思います」

セムリエン会長は、高さ二センチ以上はあるすらりとした気品のある鼻の中程にかかっている眼鏡の枠の上から覗《のぞ》き込むようにベネディクトをじっと見つめた。

「本気かね」

ベネディクトはこれが今日の最大の試練であり、かつ人生の分岐点に自分が差しかかっていることを認識した。

「はい、一点の曇りもなく」

この瞬間から製作費超過の責任を問われて左遷されると噂されていたロウランを製作総指揮に残し、彼女はこの作品の製作者に任命されることになった。ベネディクトは、中断していたこのフランス中が期待してきた大きな企画を再開し、完成させるという大役を担うこととなったのだ。

撮影の再開は一年後の春だ。三十歳の女性社員が、会社の百年に迫る歴史の中でも最も難しい、かつ偉大と言われるこの企画の製作者に会長自ら任命されたという噂は、その日のうちに会社中に流れた。ベネディクトは、同僚たちの何気なく嫉妬のこもった質問や、彼女を見つめる様々な感情の入り交じった目から距離を置きたかった。防犯扉に身分証明証をかざして、開いた扉を風のように抜けて玄関に出た彼女は小走りに会社をあとにした。誰にもこのことを報告せず、一人で今後に向けて気持ちを高揚させ集中力を高めたいと願った彼女の足は、本人の意思を確認しないままモンマルトルの丘の麓に向かっていた。なぜか分からないが、今日の彼女には、そこに向かえば自分にとって重要な何かが待っているという確信があった。磁石が鉄を引き寄せるようにその何かはベネディクトの足をある方向に着実に向かわせていた。セバスチャンと二人の時はいつも足を止める行きつけの喫茶店を通り過ぎると、突き当たりに十七世紀に建てられた三階建ての集合住宅の一階部分を改装した流行の最先端を行く酒場がある。外から見ると一見会員制のクラブに見えるが実は誰でも入ることができるその店はソクラテスと言った。受付係の壇のある入り口から奥に向かうと、抑え目の照明に照らされた漆喰の壁が青白い光で客を迎える。アラビア風に設えた半壁半部屋沿いに置かれたソファに座る人々の顔を蠟燭《ろうそく》の光が揺らしている。タキシードに純白のシャツが映える給仕の男性に通されたテーブルは、店の中程にいる他の客と目が合うことのない小さな角にあった。給仕の心地の好い距離感のある応対が優しい。きっと一人で時間を過ごす女性が多い酒場なのだろう。暫くすると女性の給仕がやって来て注文をとりはじめた。

その女性の美しい顔を見た途端、突然ベネディクトの目から大粒の涙が幾粒も零れ落ちて止まらなくなった。それまで流れていたユーロビートの軽快な曲が終わり、突然店に教会音楽のような楽曲が流れ始めた。「まるで誰かが演出してくれているみたい」と泣きながら笑うベネディクトとその女性はじっと見つめ合った。ベネディクトには永久《とこしえ》に時間が止まらないように思えた。いや、ベネディクトがこの時間が永遠に閉ざされないことを心から神に願ったのだ。奇跡が訪れてくれたのだ。これが神の心でなくて一体他に何があるというのだろうか。

あの地下鉄で出逢った女性は言った。

「こんばんは……」

＊

その女性は笑顔を浮かべて言った。

「わたしの勤務は午前三時、今から一時間半後に終わります。良かったら一緒に散歩でもしませんか」

ベネディクトは無言で頷《うなず》いた。胸が締め付けられるような、このような気持ちに体が震えたのは本当に生まれて初めての経験だった。

「素晴らしい、素晴らしい」

ベネディクトは震える胸の内で、幾度も、幾度も呟いた。建物の外に出て、微風の肌寒い石畳で立っている間、ベネディクトはずっと自分の頭の中から記憶を消し去ろうと努力していた。あの地下鉄の駅の入り口での事件に触れたらきっとこの女性は消えてしまうだろう。ベネディクトにとってこの女性の存在は現実と非現実の狭間に存在する泡沫《うたかた》の夢のように思えた。石畳に佇《たたず》んでいる間に次第に体が芯から冷えていくのが足下から感じられる。十月も末の秋のパリの夜風は少しずつ体を芯から冷やしてゆく。

「待たせて御免なさい……」

俯《うつむ》き加減の笑顔で話しかける彼女の声は掠れているが、ベネディクトがよく知っているイタリアやスペインの中年以降の女性の掠れ声とは少し違う。何か、両腕で包み込むように抱き締めてあげたくなる程心をくすぐる声だ。生まれたばかりの赤子の声が、それまで眠っていた母親の母性本能を起動させるような刺激が、女性の声にはあった。

「いいえ、何だか待っていることも楽しくて……」

本心からベネディクトは応えた。

「駅でお遇《あ》いした方ね」

彼女が突然切り出したので、ベネディクトは一瞬対応に躊躇《ためら》った。

「……助けてもらわなければ殺されていたかもしれない……。有り難うございました……。お礼が遅くなって御免なさい……」

「正直に話すと、わたしもびっくりしたの」

彼女はぎこちなく笑った。

「咄嗟《とっさ》のことに体が自然にああ動いてしまって……はっと気が付いて、恥ずかしくて走り出してしまった……。こちらこそ御免なさい」

「名前は何ておっしゃるのかしら、教えて頂いても……」

「ビビアンって呼んでください」

誰もいない石畳の道を、最初はベネディクトが前を、ビビアンはそれに続いて歩いていたが、やがて二人は肩を並べて歩き始めた。肩や手が何気なく触れる度にベネディクトの体の芯が熱くなった。その熱気が体の中心から全体に弾けるように輻射《ふくしゃ》されてベネディクトは自分の足先から指先、そして頭髪の端まで余すところなく、落雷の如く一気に通過して震えが走るのを感じた。

モンマルトルの下り坂を歩いていた二人は、突然走りよってきたアラビア系の子供たちに囲まれた。バッグを奪おうとする彼等にビビアンはアラビア語らしき言葉で何かを必死に話しかけている。子供たちも懸命に言い返している。しばしのやり取りのあと、ビビアンは子供たちに掌の中のものを手渡し、子供たちはそれを受け取ると笑顔になり、手を振りながら駆け足でその場を去っていった。

「何て言ったの」

ベネディクトの質問にビビアンは笑顔で答えた。

「外国で上手く暮らすためには、その国の人たちを傷つけないことが大切。そのことで自分が傷つかないことに繋がるのよって言ったら、何でアラビア語が話せるのだって聞き返してきたの。それで、アラビア語があまりに美しい言葉だから一生懸命勉強したのよって答えたの。そうしたらあの子たちは、何も盗らないで帰ったら親に殴られるって言うので、二百ユーロ渡して、親に五十ユーロ渡して、自分たちに五十ユーロとっておくように言ったの。あとの百ユーロを使ってどうしたらそれを増やせるか皆で考えて、どうしたら盗まなくても暮らしていけるようになれるか必死に考えてごらんって」

ベネディクトが首を傾げて言った。

「それをあの子たちが純粋に受け止めたの」

「私が二日かけて稼いだ大切なお金よ。私もあなたたちも同じ外国人。助け合わなきゃ、って言ったら、笑顔で有り難うって帰っていったのよ」

ビビアンはそう言うと、笑った。

ベネディクトにはその笑顔が彼女の心の奥底から出てきた笑顔だと分かった。二人は再び歩き出し、無言のまま十分ほど歩き続けた。

必要のない間をもたせようと、ベネディクトは小さな声で歌を歌い始めた。夜の石畳に彼女の声が響いた。ベネディクトの声にはビビアンのそれと異なり、風鈴の音色のような響きがあった。

その歌は、十五年程前にベネディクトの通っていた大学に留学してきた日本人の女学生から教えてもらった歌だった。パク・ドゥ・ヴェルール「Pâques de Velours」、日本では「ベルベット・イースター」というその歌の詩の意味を分からないまま日本語で覚えたベネディクトは、どこから生まれたのか、その旋律にかすかな郷愁を感じて、独りの時、何か懐かしい思いが浮かんだ時に口ずさんだ。じゅんこというその女性が帰国する前に、ベネディクトはお別れ会と称して、自宅で彼女と数人の友人を迎えて小さな食事会を催した。その際にじゅんこは彼女に詩の意味を伝えた。

「とてもナイーブな女の子の歌。旋律がパリの街を歩く私たちの心に響く気がする……」

歌い終わったベネディクトがフランス語で詩の意味を伝えたあと、少し恥ずかしそうにビビアンに話しかけるとビビアンが応えた。

「ナイーブって子供のように純粋という意味なのかな……。わたしには子供のように純粋なという意味を理解できる人生経験が自分にないような気がする。純粋に誰かのために何かに打ち込むことが一度で良いから経験できたらと、ずっと心の片隅で願い続けてきたの。でもそれが何だか未だに分からない……。〝空がとってもひくい、天使が降りて来そうなほど〟……って、私の心にも天使が降りてきてくれるのかな……」

ベネディクトは、じゅんこが帰国を前にして消息不明になったことは口に出さなかった。余計なことを言葉にして今目の前にある幸せを失いたくなかった。そして、ビビアンが奏でる一言一言に深い何かがあって、深遠な言葉の前に、自分がとてつもなく優秀な大学の教授の前で萎縮してしまう出来の悪い生徒になったような気がした。

その気負いを払拭するかのようにベネディクトが言った。

「ねえ、ビビアン、クリスマスを一緒に過ごさない？」

遥かなる大地　回想　*Land of Eternity (Vistas)*

バスク人は、スペインのイベリア半島北部の先住民族プレ・イベロつまり古代イベリア人の末《まっ》裔《えい》であると言われている。バスク人はヨーロッパの民族の中でも言語的、人種的に特殊な位置を占める。プレ・イベロはコーカソイド系人種であるが、遠く中央アジアから移動してきたカフカス語族がプレ・イベロおよび古代エトルリア人と混血して生まれたという説が一般的である。現在のバスク人は、その後、居住地ピレネーで山々に守られて独自の進化をとげた種族であると言われていて、ある調査によるとバスク人の八十五パーセントはＲｈ方式で見た血液型がマイナス型であると判明している。アメリカ合衆国とヨーロッパにおけるＲｈマイナス型血液人口は国民人口の約十五パーセント、日本では〇・五パーセントという数字が一般に信じられている。つまり、世界的に見ると血液型の少数派が、バスク人においては多数派となる。紀元前三世紀ローマ帝国が半島に進出した時もその山々の立地的な庇護《ひご》により、バスク人たちは帝国から受けた影響を最小限にとどめ、その後勃興した西ゴート族、フランク王国にも征服されることなく、八世紀に入ってはバスコニア公国、続いて九〇五年にはナバラ王国を築いてイスラム勢力の侵入に対するヨーロッパの防壁として独立した国家を有していた。十一世紀前半のサンチョ三世ガルセスの統治下にナバラ王国は最盛期を迎え、アラゴン、カスティリャを支配下においたガルセスはイベリア王とも呼ばれた。しかし王の死後、ナバラ王国は急速に衰退し始め、一〇三五年にナバラ王国から独立したアラゴン王国に一〇七六年に併合された。その後一五一二年にはナバラの西半分をスペイン王国に、一五九三年には残りをフランスに併合され、ここにバスク人の政治的・国家的独立は奪われた。

バスク地方とは具体的には旧バスク七州を指し、旧バスク七州はスペインの、ビスカヤ、ギブスコア、アラバ、ナバラの四県と、フランスのピレネー・アトランティック県内のラブール（ラボールド）、ラスール（ラソウレ）、バス・ナヴァールの三郡を指す。スペインとフランスという国家に吸収されたあと、一九七九年になってスペインでは、ビスカヤ、ギブスコア、アラバの三県がバスク自治州を構成することを認められた。そして様々な歴史的な葛藤の果てにナバラ県もナバラ自治州としてスペイン政府に認められるに至った。これらのスペインにおけるバスク地方が自治州として確立したのは、スペイン国内におけるバスク民族の独立意識が高いことと、バスク人を迫害したフランコ独裁政権が終焉《しゅうえん》して以降のスペイン政府が、旧バスク州の自治を容認する姿勢をとってきたためである。

スペイン内乱が一九三六年に始まり、三七年にナチスドイツの爆撃機がゲルニカを襲いスペイン国内でのバスク人への迫害が始まった。一八九五年の党の創設以来民族運動をより民主的に進めてきたバスク国民党（ＰＮＶ）から一九五九年に急進派が脱党し、バスク祖国と自由（Euskadi Ta Askatasuna/ＥＴＡ）を結成した。一九六八年、ＥＴＡのメンバーであったシャビ・エトセバリエタが起こした警察との揉《も》め事をきっかけとして、ＥＴＡは復讐《ふくしゅう》に警察幹部を暗殺した。これがＥＴＡの公式に記録されるテロの始まりである。その後、現在に至るまでバスク民族主義に反対する政治家、ジャーナリスト、実業家等が標的となり、八百人におよぶ人間がテロの犠牲となっている。その間ＥＴＡとスペイン政府の間には停戦協定が数回もたれたが、長く続くことはなかった。しかし、二〇一七年四月七日に突如ＥＴＡは完全武装解除宣言を発表し翌八日に実際に武装解除が実施された。一方でスペイン中央政府は「ＥＴＡのテロ活動は何の成果もなく敗北した」「彼らが何を宣言しようとも、政府はＥＴＡ構成員らの刑事責任の追及を継続する」と声明を出し、二〇二三年現在でも約四百人が収監されているという。バスク民族の総数は三百万人弱であり、そのうちバスク自治州に二百十一万人、ナバラ自治州に五十八万人、フランスのピレネー・アトランティック県内の三郡に二十六万人が住民登録されている。

アルフォンソ・アリスタはその体に流れるバスク人の血に対する誇りを、子供の頃から父親に徹底的に植え付けられていた。自分の仕事について生涯語ることのなかった父親のフェルナンドは、毎朝八時に家を出て、夜は八時頃帰宅し朝食と夕食を家族と共にすることを楽しんでいるように見えた。時として、一、二か月帰らないことがあったが、母親のベアトリスは「外国に出張よ」とアルフォンソに伝え、アルフォンソもそれに対して何の疑問も持ったことがなかった。長い間家を留守にすると、フェルナンドはアルフォンソの友人たちが見たこともない変わった土産を持ち帰ったものだった。バラのかたちをした石、化石になって宝石のように輝く古代の樹木のかけら、小さいパイ生地の間にたくさんのアーモンドの粒と乾燥したイチジクの実が詰まっている菓子、どれも近所の友人たちにあげると、驚きと共に感謝されたものだった。

「お前のお父さんは悪者のボスだ」

ある日親友だと思っていたミハエルにそう言われて絶交したことはアルフォンソの忘れられない心の傷として残っていた。

「何でそんなことを言うんだ。お父さんは悪者なんかじゃない」というアルフォンソにミハエルは、「何でお前の父親はいつも中近東や北アフリカの土産を買ってくるんだ。お前の父親はどこで何の仕事をしているんだ。納得するような答えをしてみろ。お前の友達たちが皆、親たちから何て言われているか知っているか」と言った。

「………」

言葉に詰まったアルフォンソにミハエルは続けた。

「〝あの子を決して怒らせてはいけないよ。〟そう言われているんだぜ」

と言い切った。

「………」

そう言えば、友人のニコルの大切な本をふざけて取り合いしているうちにページが破れてしまった時、ニコルは明らかに怒りを一瞬表情に表したあと、笑顔に戻って「いいよ」と言ったことがあった。

ニコルは優しいやつだ、と自慢してそれを母親に話した時に、母親のベアトリスが一瞬曇った顔をした記憶が蘇ってくる。

「もう帰っていいよ……」

ミハエルが帰ったあと、アルフォンソは彼を友達と呼ぶことをやめた。それが彼の人生で本当に心を許せる友人を持つことを諦めた日だったのかもしれない。

「遥かなる大地を地平線に向かって走ってみたい……。この命が尽き果てるまで……」

父親の本当の姿と遭遇し、孤独になったあの時アルフォンソは、そっと、そう口にした。

「祖国を救うＥＴＡを復活させたい。新しい組織名はＥＴＬ（Euskadi Ta Lege-zaharra：バスクと古い法）と決めた」

父親の葬儀の日、父親の友人を名乗るバスク人の男に声をかけられた時、アルフォンソにはそれを断る理由が全くなかった。

＊

昔のことを思い出しながら、アルフォンソはジープの助手席で揺られていた。果てしなく続くように思われるサボテンの森の壁に両側を挟まれた道は、優に十メートルを超える背の高い密生の影に暗く閉ざされている。道を走る車の窓から見える空は狭い。

「まだ昼なのか、それとももう夕陽が沈み始めているのだろうか」

彼は腕時計を見た。午後四時五十分。アルジェを出発してからかれこれ六時間も軍用ジープの中で揺られている。サボテンの密生した森の道に入る前に寄った、焼肉店を兼ねた精肉店の様子が彼の目に焼き付いている。公道沿いにあるその精肉店の看板は、壁に打ち込んだ大きな釘《くぎ》に引っかけてある今朝ほど切り落としたばかりの肉牛の首である。牛の目は、肉を新聞紙に包んで渡すカウンターの上にある雨よけの屋根の真下から、店の目前に広がる荒涼とした大地を虚ろに見つめている。カウンターと公道の間の空き地にはベンチが幾つか横一列に置かれていて、一つのベンチに六つずつ山羊の生首が秩序正しく並べられている。ここではスープの出汁は山羊の首を煮込んでとる。西洋世界から見て異質なこの食材を目前にしながら、これらの首の存在が彼には無機質に感じられた。彼の故郷のバルセロナはトリポリとは国際線の航空機で三時間足らずの距離だというのに、この料理を祖国で目にしたことは彼の記憶にはなかった。かつての自分たちの仲間の首が並ぶベンチの前を、山羊飼いに追い立てられた何匹もの生きた山羊たちが鳴き声を出しながら平然と、店の後ろにある家畜小屋に向かって歩いてゆく。山羊が通り過ぎると、彼は彼より頭一つほど背の低い地元出身の運転手の男と肩を並べて、店の脇のテラスにあるバーベキュー台を嵌め込んだ白いテーブルに向かって歩き始めた。テーブルの周りに配置された、腕の付いた椅子に彼は座った。テーブルは、テラスの葡萄棚の下にあり、棚を這《は》う葡萄の蔦を覆う、手のひらの形をした幅の広い葉と葉の間からテラスに降り注ぐ柔らかく揺れる木漏れ日が心地好い。精肉店の店主がやって来て、アラビア語で彼らに話しかけてくる。

「新鮮な肉です。ごゆっくり」

組織が手配した運転手は無口な男で、三十代後半のようだ。彼はゆっくりと手を動かして、赤い香辛料に漬けられた肉を焼き始めた。アルフォンソはポケットに手を突っ込むと、台湾で調達してきた醤油《しょうゆ》入れを取り出した。

「新鮮な肉……か」

彼は少し可笑しくなって微笑すると、すぐに思い直して真顔に戻った。

彼は台湾でのビビアンとの出会いを思い出していた。薄く丈の短いシルクのフレアスカートを纏《まと》っていた彼女は明らかに自分を誘っていた。愛情からでも憐憫《れんびん》からでも商売でもない。あの切羽詰まった表情には何か差し迫った彼女の決意が込められていた。彼女は命懸けの真剣さで自分に迫っていたのだ。アルフォンソはどのような女性の姿態を見せられても性的な衝動が起きない精神状態を保持していた。その心理状態は普通の人間の男のそれとは明らかに異なっていた。この男の心は戦闘に直面していない時でも常に生死の崖縁に立っていた。彼女に会う前に、台湾闇社会の首領と言われる劉俊傑から事前に彼女にまつわる様々な情報を渡されていた。しかし彼は彼女の本質はやはり自分で直接会ってみるまで分からないと判断した。「安全そうだ」とか「味方が護衛してくれる」といった曖昧な言葉を自分の眼で直接確かめることなく無闇に信じて戦闘に向かった同胞たちが、どのようにして命を失っていったかを目の当《ま》たりにしてきた男にとって、「自らの眼で確信するまで何も信じない」という信念は絶対のものであった。彼女と目を合わせた瞬間に彼は、この人間が自分と同じ精神状態にあると本能的に感じた。いや、むしろ命の重さを自分という生命に絞ると「無価値」と何気なく思い込んでいる点で、戦闘素材としては自分を凌駕《りょうが》できる喜捨状態にあると直感した。それまでの人生の中で、「自己を確立する」というような、自分の存在意義や価値観を突き詰めるという贅沢な機会に恵まれることの決してなかった人間。「今まで見てきた中でも類稀《たぐいまれ》な兵士に育つ素質があるかもしれない」と考え、その身体能力と思考能力を徹底して調べることにした。

毎日の、勉強、サバイバル訓練を受けていくうちにビビアンには「ＡＡＡ（トリプルエー）」

の能力が認められた。その中でも語学習得能力と追いつめられた状況での危機脱出能力は、アルフォンソが今まで十年間に見てきた世界五十カ国を超える国からスカウトされてきた三千人を超える子供たちの中でも並外れていた。それは、ビビアン自身にとっても想像したこともない能力だった。ビビアンは早速、サハラ砂漠の地下にある電波防御施設内に設置された広大な訓練所で、本格的な軍事訓練に入った。ここに収容されるのは世界各地から選び抜かれた、身体・頭脳能力チェック項目五十をすべてＡＡＡで修習したエリートたちに限られている。その訓練のことを通称エクストリームといった。エクストリームは、肉体的な限界だけでなく、通常の人間が明らかに精神に異常を来すような精神的ストレスを長期間与えるメニューが最も過酷だと言われている。例えば、一日の睡眠時間を三時間に制限して、煌々《こうこう》とＨＭＬライトで照らし続ける部屋で三週間の間過ごしたあと精神的均衡を確認するといったことも行われていた。今年新しく入ってきた訓練生八名のうち半年で既に五名が、事故で命を失うか、または精神に異状を来して去っていった。作戦失敗率十パーセント以下の戦闘員でビビアンと同じトールである、キプロスに行っているセネガル出身のグレースと、コルシカに行っているドイツ出身のウーテは訓練の最終段階まで到達したが、完遂直前で意識を失っている。キャンプでエクストリームを体験してこの二年にわたる過酷な訓練コースを一度も意識を失うことなく完遂したのは過去十年間にビビアンを入れて二人だけである。しかももう一人のスウェーデン出身のイングリッドは行方不明になっている。台湾でアルフォンソと別行動でビビアンの出国を手配したあと向かったアフガニスタンでの特務中に連絡が取れなくなったのだ。彼女の消息は未だ掴めていない。

ビビアンのたったひとつの欠点は、血液型だった。アルフォンソがバスク地方の出身でありながらＲｈプラスのＯ型という極めて有利な血液型であるのに対して、彼女はＲＨマイナスの極めて少ないアジアの出身でありながら、バスクでも稀なＲｈマイナスのＡＢ型だった。人口比率で言うと二千人に一人しかいない、世界で最も人口の少ない血液型を持つ人間なのだ。彼女が戦地で大量の出血を伴う負傷をした場合、それは即、死を意味する。

時折、激しい訓練が重なると、精神状態をチェックする意味と、精神療養もかねてスカウトしてきた人間が兵士と二人きりで話し合うディクテーションと呼ばれるカウンセリングが行われる。そういう時、スカウトしてきた人間は専ら聞き役に回る。その時、兵士の苦情や苦悶《くもん》の告白に対して反論することは避けられている。切羽詰まった精神状態に追い詰められている兵士にとって、自分のことをすべて受け入れてくれる何かの存在は絶対的に必要な存在であったからだ。ビビアンは、そういう時は苦情や苦悶に関連することは何も話さなかった。二人でソファに横並びに座ると、ただ、

「私を抱きしめて」

と言ってアルフォンソにしなだれかかり、彼に「寝物語」を話してもらうことを求めた。彼女はそうして話を聞きながらうとうととして、やがて寝入ってしまうのだった。

ビビアンとアルフォンソの二人に肉体関係はない。アルフォンソは卓越した精神的・肉体的操縦力を持っているソリッドと呼ばれる数少ない男性構成員の一人だった。男性は男性の、女性は女性の新しい構成員候補を探し出してくる。これが、組織の決まりだったが、ソリッドだけが、男性による女性のスカウトを許されていた。リスクの高い恋愛沙汰《ざた》が発生することを未然に防ぎ、かつ「異性の目から見た有能者」という基準を「同性から見た有能者」に加えることによって組織の新陳代謝の不安定性を最小限に止める戦略であった。キャンプの過去の記録では、ソリッドがスカウトしてくる構成員候補の能力は抜群な結果を出していた。このリスクの高いスカウトは今や、組織を支える最も有効な仕組みの一つとなっている。任務執行の成功率と戦闘員としての最終達成能力に於いては、このキャンプでは女性戦闘員が優勢にあった。

「アルフォンソ、私は戦いの中で燃え尽きてしまう、そういう運命の星の下に生まれてきたのかしら」

睡魔を破るような問いかけに、アルフォンソは一瞬不意をつかれた。

「…………」

「アルフォンソ……」

「何だい、ビビアン」

「あなたは、何を目的に人生を生きているの」

「バスクの素晴らしい血と伝統が絶えてしまう前に祖国を独立させるため」

「ねぇ、国境って、国って何なのかしら」

「…………」

「時々……」

「え」

「私、時々、国って、国境って人だって思うことがあるの。だって、この世の中に人間が存在しなかったら、国も国境もないでしょう」

「ビビアン……」

ビビアンはアルフォンソの横顔をじっと見つめている。

「ビビアン、この世の中には人間は存在するし、国も国境もあるのだよ。そして、国のない人は愛していない国と体制の一部になって、受け入れがたい文化やしきたり、タブーといったものを法律や倫理といった枠で縛られながら、不幸な人生を強要されている。そういった不幸から同胞を解放することが我々のつとめなのだ」

「アルフォンソ、人を愛したことはある?」

「……私は……すべてのバスク人を愛している……。そして、彼等の解放のために人生を捧げる覚悟はできている」

「ねぇ、アルフォンソ、人を愛することって素敵なことなのかしら」

「さぁ……。私の宿命は愛するバスク人を幸せにすることだよ、ビビアン」

「一人の人を愛することは、一人の人間に愛を捧げることは国を愛することより価値がないの？」

「…………」

「……あたし……少し疲れてきちゃった。眠っても良いかしら」

「君は大変な訓練を終了したんだ。もちろんゆっくり休むことが必要だ。休むことも重要な仕事の一部だよ」

アルフォンソはまるでオペラのバリトンのような言葉の響きで彼女の体全体に深い振動を与え、それが、彼女がまだ母親の胎内に眠っていた時に聞こえた母の鼓動のように優しく彼女を包み込んだ。

「ねぇ、アルフォンソ……正しい選択をするのに遅すぎるということは決してないと思わない……」

アルフォンソの声は、その美しく隙なく整った歴代のローマ皇帝の塑像のようなストイックな情熱を有する表情とは不釣り合いだとビビアンは感じた。しかしそんなことは彼女にとって重要ではなかった。ビビアンはどのような運命がどんなかたちでいつ自分を襲っても動じないように生きてきた。自分を自らの命よりも大切に思い愛し続けてくれた両親が、あの優しい兄弟たちが御仏様にお守りいただけるならば、自分はどうなっても良いのだ。そう心に固く誓ってきた。いや、彼女にはそれしか選択の余地がなかった。しかし、それでも時折、彼女は自分の心の中の釈《しゃ》迦《か》に問いかけることがあった。彼女の家族は豪を除いて敬虔《けいけん》な仏教徒だ。

「お釈迦さま、自分はある役割を果たすためにこの世に生まれてきた機械なのでしょうか。……でもそれって冷たそう……。私の手に触ってください。私の体に触れてみてください。心臓はずっと規則正しく鼓動とともにとても暖かい血潮を私の体中に巡らせ続けています。この暖かさにはきっと役割を果たす機械以上の何かの可能性を秘めているのではないでしょうか。御仏様、もしこの男の人の胸に抱かれこの男の人との間に子供を作って……、人生をもう一つ持つことが許されるならばそうしたい。御仏様、私はこの世界で何の責任を果たさねばならないのでしょうか。その責任からはいつ解放されるのでしょうか。御仏様、私に、一度は諦めた希望が戻ってくることはあるのでしょうか」

そんなことを繰り返し考えながらビビアンは夢の世界に吸い込まれていった。

アルフォンソは彼女の寝顔をじっと見つめながら、起きてはいけない感情を冷静に抑えたまま、彼女が熟睡してしまうまで、華奢《きゃしゃ》な骨組を強烈な弾力と強度のある筋肉が包んでいる彼女の肩をそっと抱き続けてあげた。そして、ビビアンが睡眠の世界に沈み込んだことを確認すると、重くなった体を両手で抱きかかえながらベッドに連れていき、やさしく布団をかけて、その場を去っていった。

アルフォンソは自分に与えられた宿舎に向かう砂漠の下に設けられた施設の通路を歩きながら、

アルジェリアでの掃討作戦に於けるビビアンの働きを思い出していた。
国籍不明の数名の武装部隊がアルジェに入り込んだという匿名の無線がアルジェリア情報省に入ったのはクリスマス休暇も盛りの十二月二十五日だった。まず、「アルジェリア騒乱のあとやっと解除された非常事態宣言によってもたらされた国家の平穏が、また元の木阿弥《もくあみ》に戻ってしまう」ということでアルジェリア軍最高司令官タハール大将が慎重な対応姿勢を取った。一方で、ある情報筋からの情報は、バスク解放同盟の軍事訓練所がアルジェリア内のサハラ砂漠地下にあることを突き止めたスペイン政府軍特殊部隊が潜入してきたことを示唆していた。アルフォンソはその情報は信憑性《しんぴょう》が高いと主張をした。

まず、第一に、ヨーロッパ諸国とアラブ諸国の長年にわたる慎重な歴史の積み上げによってアルジェリアが西側世界に友好的に留まっている現在の政局を、西洋国家が自らの手で反故にしたことが露呈した場合にその国家を襲う国際社会に於ける信用の失墜と、そのことによる世界戦略の立て直しにかかる労力を考慮すると、これだけのリスクを西洋諸国のどこかが犯すとは考えにくいことがあった。ＥＴＬの復活を最も忌み嫌うスペインのみにＥＴＬの復活を標榜《ひょうぼう》するこの組織に工作を仕かける動機付けが正当化される。アルフォンソはそう思った。一つだけ気になったのは、パリからチュニス経由でアルジェに向かった時に、誰かに見つめられている感覚があったことだ。振り返ると誰も見当たらない、しかし歩き出すとそれを確実に背中に受けている感覚である。しかしアルフォンソは自分の目で自分を見つめている存在を実際に確認できていないことから、杞憂《きゆう》であるとして忘れることにした。

「一人で掃討せよ」

多岐にわたる特殊能力を持つ訓練生が現れた際に必ず彼等に与えられる最初の試練、プルート・アルティメート（究極の冥王）がビビアンに課せられた。孤独な冥王星の名前をつけられたこの試練の狙いは三つあった。一つは実戦能力。訓練された能力が実戦で果たせるかどうかの確認。これができないと理論の体得だけしか能力がないことが露呈する。二つ目は非常事対応能力。臨機応変の対応能力の確認。戦場では計画通りに物事が進む可能性は非常に低い。いや、計画通りにいかないほうが普通である現場で、予想を超える事態への対処力が見える。三つ目は最も重要な要素で、ツキがあるかを見定めることである。ツキがない組織員の存在は脅威である。すべてが巧くいきそうになった時こういった組織員の小さな破綻が些細《ささい》なところから作戦の崩壊を招く。本人に高い能力が備わっていても、ツキがなければ生き残ることができない。こういった場面をアルフォンソは今まで身を投じてきた戦場でいやというほど目の当たりにしてきている。十二歳で現場の戦線に参加して三十年になる彼の、ツキの有無の重要性に対する信奉は殆ど宗教的なものになりつつあった。任務の実戦能力、非常事対応能力、そしてツキという視点から組織がはじき出したビビアンの作戦成功と生還の可能性は九十三パーセント。訓練時の能力チェック項目の完成度から弾き出す過去四十年間の統計に従って出す理論数値である。アルフォンソが見てきたすべての訓練生の中でも極めて高い数値である。トールのあと二人のグレースとウーテは九十パーセント。キャンプの歴史の中で、ビビアンの理論数値を凌駕したのはたった一人、アフガニスタンで消息を絶ったイングリッドのみであった。彼女の統計上の理論数値は九十五パーセント。九十一パーセント以上は神話の領域とされており、「あり得ないこと」と認識されていた中で出てきたこの数値に、組織は沸き立った。組織は「最も困難でかつ無謀ではない最重要案件」を彼女の任務として与えた。イングリッドの必要とする武器や装身具は、例えば「一週間で装甲車が十台必要」といったような、どんなに不可能に思える要求でも、すべて組織によって実現に向けて真剣に検討され、用意された。そのために組織員が数名失われることになっても、作戦遂行に関するイングリッドの要求は組織の面子《メンツ》に賭けて必ず達成された。アフガニスタンでの作戦を除いては……。

ビビアンに与えられたその作戦、プルート・アルティメートと名の付く作戦は「敵の殲滅《せんめつ》」を目的とするものであった。一人の生存者を残すことも許されない最も危険な作戦の一つだ。しかし、組織も彼女が生還してイングリッドの跡を継ぐことを切望していたため、約半世紀にわたって続けてきた掟《おきて》をかなぐり捨てて、サイレントサポーターを付けた。サイレントサポーターとは、作戦遂行員が「絶体絶命」になった時にだけ助力する組織の中でも最も優れた手練の救助を担当する戦闘要員のことを指す。イングリッドのいない今、彼女を失うことは組織にとって非常に大きな損失になるために、受け入れられない状況にあった。ビビアンの能力はそれ程ずば抜けていた。ビビアンの作戦遂行後の生還の可能性がイングリッドよりも低かった唯一の理由は彼女の血液型だった。つまりそれ以外のビビアンの理論数値はイングリッドと同じであった。

アルフォンソにとって一つ気にかかることがあった。それは、ビビアンが任務を完遂したプルートアルティメートになぜかイリヤバングが関わっていたことであった。タハール大将は、「スペイン政府が買収したに違いない」と洞察し、キャンプの同胞たちも多くはその分析に同意した。アルフォンソには誰にも言っていないことが一つあった。それは、彼の父がイリヤバングの首長のカーリッド・ザキとの間に築いた親友関係であった。アルフォンソが友人たちを家に呼んで遊ぶことをやめた時、父のフェルナンドは言った。

「アルフォンソ、お前のことを誰よりも愛している。しかし、我々バスク人には神に与えられた使命があり、お前もお父さんも、それを果たすことが個人的な愛に優先するのだよ。これから私とお前は旅に出る。誰にも知られてはならない旅だ」

二人は真夜中に迎えに来た一人の男に連れられて、船に乗った。何日も船の中で波に揺られて着いたのは、イエメンだった。どこの町か分からない暗い船着き場に到着したのは夜半で、たくさんの男たちが迎えに来ていた。彼等に伴われて連れていかれたところは尖塔《せんとう》のある純白の建物で、月の光を反射してぼんやりとした蛍光を発していた。建物の中には広場があり、広場をアラビア風の飾り柱に支えられた回廊が囲んでいた。広場の真ん中には櫓《やぐら》が組まれていて、その後ろから背の高い男が現れた。彼は短い髪と長い髭《ひげ》が似合う、顔立ちの整った肌の浅黒い男だった。彼が現れると船着き場から一緒に来た男たちが最敬礼をしたので、彼がここでは一番上位に立つ人間なのだとアルフォンソは子供心にも分かった。

「カーリッド・ザキだ、名前は？」

と聞かれ、彼は、

「アルフォンソ・アリスタ」

と応えた。

「アルフォンソ、私と君の父上は友人だ。私が人生で最も尊敬する人だ」と言うと、カーリッド・ザキはフェルナンドと抱擁し合った。

イリヤバングとバスク解放同盟とは、水面下で兄弟の誓約を結んでいた。そしてこのことは、その二者以外には全く知られていなかった。従って、父との旅行で二か月の間寝起きを共にして彼等の志の高さを知っているアルフォンソには、イリヤバングがスペイン政府に買収されてETLのキャンプを攻めてくることは有り得ないことが分かっていた。ふと気付くと、サボテンの森が終わり、広大なサハラの大地が目前に広がっていた。

価値観　*Different Sense of Values*

ビビアンがベネディクトにクリスマスを共にしようと誘われた場所はモロッコのラバットだった。パリから無断で外に出ることを禁じられているため、ビビアンはアルフォンソにことの次第を報告した。意外なことに、彼の反応は、

「気をつけて。毎日、朝と寝る前には連絡を欠かさないように。サポートは付かないので身の安全に対する緊張感は常に失わないように」

という素っ気ないものであった。朝七時の早朝便でビビアンはベネディクトと一緒に飛行機に搭乗した。ビビアンはパスポートの名前がリー・シャオチェンという別名になっていることは、ベネディクトには気付かれないように心がけた。ベネディクトは、セバスチャンと付き合いはじめて十年以上になるが、年末年始を共にしないことにしたのは初めての経験だった。

「モロッコのマリーが離婚の危機で、どうしても私に仲裁をしてほしいって頼まれたの。分かってくれるかな」

ベネディクトは、セバスチャンはきっと喧嘩を仕かけてくるだろうと思っていた。激しい口論になって、新しい男ができたのかとか、俺と別れるつもりかなどといった根も葉もないことで侮辱されることもあるだろうと覚悟していた。

しかし、彼女の心配に反して彼は、

「そうだね。たまには親友と二人で話すことも大切だよ。でも、電話はしてね。"Joyeux Noël !"は君が最初の人であってほしいから……」と一言言っただけだった。

ベネディクトは胸が張り裂けそうな気持ちになった。

「根も葉もないことじゃないかもしれない。私は大切な人を裏切るという罪を犯しているのかもしれない……」

それから出発のその日まで、彼女は昼も夜も常に罪悪感に苛まれていた。そして今、彼女の胸の中は高鳴っていた。荷物検査や通関の手続きをしたりする時でさえ、心臓の鼓動は速まり、呼吸することさえ苦しい程だった。

「ビビアンを抱いてみたい。いや、彼女に抱かれてみたい」

そんな考えが頭に浮かぶ度に、自分に言い聞かせるように首を振っていたので、ビビアンに何度も「大丈夫?」と聞かれてしまった。


カサブランカ空港に到着すると、スーツケースの検査に並ぶ旅行者たちが長蛇の列をなしていた。ビビアンのパスポートを見た空港職員の一人が、ビビアンにウィンクをした。彼女にはそれが、性的な意味を持つものではなく、政治的な意味を含んだ動作であることが咄嗟に理解できた。

「アラビアの男たちには気をつけて。女は男の奴隷で、一度ものにしたらどんなに肉体的、精神的に痛めつけても、時には命を奪っても何の問題もないと考えている人たちだから。絶対に、彼等に無防備な笑顔や優しい仕草を見せてはダメ」

「そんなことはないと私は思うけれど……」

ベネディクトの厳しい言葉を聞きながら、ビビアンは曖昧に頷いていた。実は彼女は、自分がベネディクトの前でパスポート名を呼ばれることを恐れていた。しかし、空港職員のウィンクは、ビビアンがそういった難題に苛まれることを防いでくれることを意味していたので、彼女は反対に安心していたのだ。

ベネディクトは、空港で用意されていたレンタカーに乗ると高速で国道を走り始めた。二人を乗せたポルシェは約百キロの道のりをラバットに向かって唸《うな》り声を上げて走り続けた。国道は道幅が広く、五車線あった。右側の二車線はラバットに向かう下り車線、左側の二車線はカサブランカに向かう上り車線、そして真ん中の一車線は、上りと下りの車線を走る車の共有する追い越し車線なのだ。追い越し車線は走行車線の二倍ほどの広さがあったが、ところどころに溶けた飴《あめ》のように拉《ひしゃ》げた乗用車やトラックが転がっていて、危なくて実際に追い越す時に使うのには適しているようには見えなかった。驚きの表情を隠さないビビアンにベネディクトは笑顔で声をかけた。

「この国では、旅行者がレンタカーしても保険がつかないの。ポルシェもレンタカーできないし」

「でも……、この車はポルシェでしょ」

「ええ、私の男友達のセバスチャンが手配してくれたのよ。どうやってかは知らないけれども……」

あの時の喧嘩で生まれた二人の間の溝を埋めるために車の手配をしてくれたのかしら。そう感じたベネディクトだったが支払いは自分のクレジットカードで済ませた。車の手配をしてくれたことには感謝をしつつも、どうしてもセバスチャンと人生を共有して新たな家族を育んでいくことができるとは到底思えなかった。気を取り直したベネディクトは悪戯《いたずら》っぽい笑みを浮かべた。その笑顔に、今度はビビアンの鼓動が激しくなった。ビビアンにはそれがなぜだか皆目見当がつかなかった。そして、この肉体的な反応に対してビビアンの心の中に強い拒否感と共に、心地好いぬるま湯に入った時のようなそのまま浸かり続けたいほどの惰性の吸着感を同時に感じていた。ビビアンの頬は薄紅色に染まり、それは、彼女の体全体に広がっていった。


やにわに、ベネディクトが走行車線から追い越し車線に車線変更した。舗装状態が悪い追い越し車線に移った途端、車が上下に揺れ始めた。数十メートル毎に車線上に無残に転がっているトラックや車の残骸を、まるであみだを抜けていくように左右に避けて、彼女はF‐1ドライバー張りのアクロバチックな車の激しい操作をしながら、時速百五十キロを超える速度で走り抜けていった。周りの風景は、過ぎては止まり、また過ぎていって止まる繰り返しに見えた。ビビアンは「視覚誤認調整」と「緊急車両脱出」というエクストリームの訓練時に身につけた護身術の、心身の準備に入り始めた。それは、トールが全員、無意識に判断して、短時間の間に無意識に心身準備をするという護身術であった。戦闘中に搭乗している車や飛行機、ヘリコプターが、敵の攻撃で損傷を受けて、操作不能になった際の脱出技術である。ビビアンは、体を斜めに傾けながら、激しく揺れる車両が、たとえ路上の残骸に衝突して大破してもかすり傷程度で脱出できる態勢をとった。ベネディクトは、ビビアンが怖がって悲鳴を上げながら自分に縋《すが》り付いてくることを期待していたのだが、彼女が反対に、反射的にまるで軍隊の戦闘員のように反応していて、いつの間にか自分とは遠い世界の人間になっていることに驚きの念を覚えた。

「貴女は誰。これは、私の知っているビビアンではない……。彼女は誰なの。そもそも私はビビアンのことを知っているの。そう言えばあの地下鉄の時だって……」

それはビビアンにとって想いもよらないかたちで訪れた。ベネディクトが、追い越し車線から走行車線に戻り、急に、海岸線に通じる側道に左折したのだ。そして、大西洋にうねる山のような激しい波から霧のように空中を漂っていく波しぶきの見える丘の上に車を止めると、ベネディクトは、やにわにビビアンに唇を合わせた。ビビアンは一瞬、意表を突かれて唇を引き離したが、やがてゆっくりと、今度は自分のほうからベネディクトのほうに顔を近づけていった。

二人は言葉を捨てて、これまで我慢してきた、迸《ほとばし》るような気持ちを、お互いの唇を通じて相手の心の奥に夢中で送り続けた。満ち潮を迎えた大西洋の高波は岩に打ち付けて砕けたしぶきとなりその霧で二人の乗る車を白く覆ってしまっていた。白い霧の中で二人はいつまでも相手をいたわるようにお互いに相手の顔を両手で包み込みながら愛し合った。

月の光　*In the Moonlight*

二人の乗ったポルシェは轟音《ごうおん》を立てながら、落ち着いた佇まいの住宅地に到着した。ヤンキースタジアム十個分程の大きさの土地に、数十軒の家が建ち並ぶこの地域にはフランス人の外交官たちが集まっていた。どの家も東と西に延びた庭の真ん中に二階建ての家が建っている。ベネディクトとビビアンが向かった家は、大西洋に面していた。二階の西側と東側には、庭に向かって三百平米ほどのテラスが広がっている。東のテラスからは広くて長く続く海岸越しに、西のテラスからは岩礁越しに大西洋を見渡すことができる。太陽が東の庭とテラスを照らして一日が始まり、西側のテラスと庭を照らしてその日が終わる。自然が与える昼と夕方の日の光を享受する生活は、ビビアンにとってヨーロッパ人たちの輝く人生の一部に思えた。

「あまりにも違う……。違い過ぎる……」

自分が今まで過ごしてきた人生の中で見てきた個人の幸せとはあまり関係ない風景と大きく異

なる、個人の幸福が溢れる環境への拒否反応に近い、否定的な感情に支配されそうになったビビアンの唇を、ベネディクトの柔らかい唇がゆっくりとふさぐ。するとビビアンの中に、また、あの再び不思議な安心感が広がってきた。二人が車道に止めた車を出て、自動で開けられた鉄の門扉をくぐって、広い敷地を囲んでいる赤と黄色のハイビスカスの咲き乱れる生け垣を抜けると、高さ四メートルはあるモロッコ調の花と蔦の浮かし彫りの装飾が施された大きな二つの扉がそびえ立つように見えてきた。その扉がゆっくりと開くと、二十代後半の黒髪の女性が顔を出して、二人を笑顔で迎えてくれた。

「ビビアンです。初めまして」

流暢なフランス語で話す彼女の肩に、ベネディクトが優しく手をかけている。まるで母親に初めて女友達を紹介する時の一人息子のようなはにかんだ表情を見せるベネディクトの両方の頬に、優しく挨拶の口づけをしながらマリーは、

「あなたの良い人ね」と囁《ささや》いた。

「そうなの……」

マリーがベネディクトに固い抱擁を与えている時、ビビアンは、車庫から汚れた服をまとった汗にまみれたアラビア人の男性が、こちらに向かって歩いてくるのを目にしていた。

「あ、こんにちは、キャメルといいます」

油がところどころ付着したターバンを頭に巻いた、キャメルと名乗るその男ははにかんだ笑顔

で、ベネディクトとビビアンに挨拶した。

マリーが彼に笑顔を向ける。

「こんにちは、マダム。車の修理が済みました。ルノーはもう大丈夫ですよ」

そう笑顔で言い残すと、キャメルはまた、車庫のほうに歩いて戻っていった。

「家の使用人のキャメルよ。車庫の中に設えた部屋に住み込んでいるの」

ビビアンは、キャメルが自分の住処に去っていくのをじっと見つめていた。彼女にとっては、この豪奢な家に住まうマリーや、ポルシェを操るベネディクトよりも、車庫に住むキャメルのほうが自分の境遇に近い気がしていた。夕陽が空を薄い黄金色に照らしている。その黄金色の光がキャメルの白い服を輝かせている。ビビアンは彼が去る後ろ姿を見ながら、「彼もきっと、やがて、いつの日か、神の住まう土地に還っていくのに違いない……。私と同じように、そしてベネディクトも……。人はどこからかやって来て、そしていずれ、どこかへ去ってゆく……。私は、一体どこから来たの？　そしてどこへ向かっていくのかしら……。キャメルの神と、私の神、そしてベネディクトの神……それは、違う神々なのかしら」

そう自問した。

＊

ビビアンは、舞踏会でも開けそうなほど広いリビングの腕椅子に座って、広い窓越しに、水平線に日が沈む瞬間を楽しんでいた。黄金色の空は、やがて橙色に変わり、最後には緑の光線で水平線をなぞると、空を濃い透明の紫に染めて、静かに沈んでいった。水平線から目を上に向けると、大きな月が漆黒の空を銀色に輝かせ始めていた。首元に柔らかい口づけを感じたビビアンは、後ろを振り返らなかった。腕椅子の腕の部分にベネディクトがゆっくりと座った。

「こうやって、海を見ていると、まるで神様がいるように思えてしまう……」

「神様って、私たちが仏様と呼んでいる存在とは少し違うのかしら……」

　ビビアンがそれに答えた。

「仏様って何」

「仏様とは悟りを開かれた存在のこと。宇宙を動かしている大きな正の流れつまり仏教で言うところの真如を心と体で受け止めていくことが悟りで、その真如と一体化した悟りの存在を仏様と言うの。宇宙には正の流れと相反して負の流れもあって、その負の流れに乗って人間が不幸になってゆくことを防ぐ考え方と行為を定めているのが仏教の経典で、経典に書かれている教えを実践してゆく人が仏教徒なの。キリスト教の神様は？」

「絶対の唯一神。キリストはその生まれ変わりと言われている。私は宗教のことはよく分からないけれど、東洋宗教とキリスト教の違いは、東洋宗教の宇宙観が輪廻《りんね》の世界、つまり繰り返しの世界観であるのに対して、キリスト教の宇宙観は創世記と呼ばれる創造の始まりから審判の日と名付けられた審判の日の終わりまでを規定しているところだと学校で習った記憶がある。つまり、東洋宗教では始まりもなく終わりもない、一方で、キリスト教では明確な始まりと予言された終わりがあるということらしいわ」

「悪と善については？」

ビビアンは質問を続けた。

「キリスト教には人間を堕落させる七つの大罪が定めてある。傲慢・嫉妬・憤怒・怠惰・強欲・暴食・色欲の七つで、これに対して美徳は二十以上も用意されているの。その中でも私は希望・勇気・慈愛・友情・誠実、そして……」

「そして……」

腰かけているビビアンが、立っているベネディクトを見上げている。瞳がキラキラとしてベネディクトの心を打つ。

「そして、純愛……」

「純愛……」

「そう、私は純愛を信じたい……」

「純愛って何？」

「純愛って……」

「…………」

「私にとっての純愛は、あなたを愛すること……」

「…………」

「少なくとも今はそう……。さぁ、そろそろ夕食の時間よ」

ベネディクトはビビアンの手を取ると、台所に向かっていった。

マリーに何か手伝いごとをお願いされたベネディクトが離れていくと、好奇心に駆られてビビアンは台所に入っていった。マリーの家では、六十歳過ぎの住み込みの家政婦の黒人女性アビバが、年末年始に臨時で雇われた六名の家事手伝いの人間たちにてきぱきと指示しながら、宴の準備をしていた。台所の真ん中には大きな釜が幾つもあって、それぞれが湯気を立てている。ビビアンがその一つの蓋を外して中を覗くと、米を胡麻《ごま》粒ほどの大きさにしたような穀物が蒸されている。

「クスクスよ」

アビバが、訛《なま》りのあるフランス語でビビアンに話しかける。その横には、具のたくさん入ったスープが入った大型の鍋がある。

「クスクスのスープ。私たちの国では各々の家族が異なる秘伝の調理法を持っていて、それを引き継ぐ者がまたその秘伝の調理法に自分の味を加えていく。こうやって百年もの間に、百を超える香辛料に味を染めてゆくの」

「味を染めてゆく」

「そう言わない？」

「素敵な表現」

「私は、小学校を出てすぐに働きに出されて、十六歳で結婚というか、他の家族に売られて、男と一緒になったのよ。でも、アフリカの男には働くことが嫌いな人間もいてね、残念ながら私の夫はそういう人だったの。子供が五人生まれて、そのうち二人は神に召された。わたしたちの神様は、その人の能力に見合った分だけの赤ん坊しか残してくれないんだよ。ということは、わたしたちは、三人は自力で育てる力があるってこと。だから頑張ってこの三人をしっかり育てなければね。あなたは、家族は」

「……全員、死んでしまったの。私の神様は、私に家族を養う能力がないって思っているのかもしれない……」

「知っているかい」

「えっ」

「神様は、乗り越えることのできない試練は与えないって」

「本当かしら……」

ビビアンは先ほどのベネディクトの愛の表現と、今のアビバの言葉を重ね合わせて想いを巡らせた。

＊

夕食にはマリーの友人のフランス人がベネディクトとビビアンを入れて十名程、アメリカから旅行がてら大晦日《おおみそか》にマリーの家に偶然立ち寄ったアメリカ人の女性二人、ベドウィン族の出身である中年の夫婦が一組参加した。ベネディクトが逆円錐《ぎゃくえんすい》型の青いガラスの器に盛られたクスクスにスープをかけて食べるのを見て、ビビアンは真似をしてスプーンを口に運んだ。

ベネディクトがビビアンに言った。

「ねぇ、知っている？　アジアの人たちはスプーンを使って食べる時、スプーンに乗った食べ物を口の中に運び入れて食べるって」

「えっ、ヨーロッパ人は違う食べ方をするの？　スプーンから食べ物を放り投げて口に入れるとか」

「ハハ、馬鹿にしたわね。いいえ、私たちは、スプーンに乗せた食べ物を、舌を出して取りにいって、舌の上にスプーンから食べ物を乗せたら舌を戻して食べるのよ」

「それじゃ、ヨーロッパ人の食べ方は、まるでカメレオンね」

「いいえ、アジア人こそ、まるで赤ん坊のような原始的な食べ方をするという訳よ」

ビビアンは、このような家庭的な会話をしたのは、遥か昔の気がした。忘れていた何かがビビアンの中に湧き上がってきたことを彼女は感じていた。そして、それが、戦闘員としては特別に危険な何かであることも、理解していた。彼女は再び、自分の感情を制御し始めた。

食事が終わると、皆、ダイニングからリビングに移動して、給仕たちがカクテルなどの飲み物をお盆の上に載せて歩いていた。ビビアンは、カンパリソーダを手にとると感謝の意をアラビア語で示し、給仕たちに流暢なアラビア語で話しかけた。

「優雅な仕草で美味しいものを給仕してくれて有難う。美味しいものがさらに美味しくなる」

給仕たちは最初、驚いたが、すぐに打ち解けて、ビビアンと談笑し始めた。

「なぜ、アラビア語を話すことができるのですか」

「美しい言葉だから。それを使って会話をしたくてアラビア語を習いたいという衝動を止めることができなかったの」

「嬉しいです、本当に」

この様子を、ベネディクトは遠くから複雑な気持ちで見つめていた。「彼女は何者?」という、運転していた時に心に浮かんで来た素朴な疑問と、給仕とはいえ、異性と親しげに話している彼女への柔らかな嫉妬が入り交じった複雑な感情が彼女の中を駆け巡った。

一通りの挨拶が終わって、やがて気の合う人間たち同士が各々に集って話を始め、よりくだけた雰囲気が宴を少し温かい空気で覆い始めた時、突然、十歳ほどの男の子がリビングのソファとソファの間に置かれた広いテーブルの上に飛び乗った。彼はまず両方の腕を頭上一杯に伸ばした。するとリビングにいた十数名の客たちから大きな口笛と拍手が起きた。

「ベルトラン（Bertrand）」

と呼ぶマリーの声が聞こえた。マリーの息子の名前のようだ。蠟燭だけの明かりが暗闇を琥珀《こはく》色に照らすリビングが熱気で熱くなってきている。ベルトランは、続けて左腕を下げて腰に付けると、右足の踵《かかと》と左足の爪先を交互に上げ下げしながら、腰を左右に振ってゆっくりと回転し始めた。ビビアンにはそれは、非常に男性的なフラメンコに見えた。そして客たちは手を叩いて拍子を取り始めた。次第に拍子は速度を増し、ベルトランは情熱的に腰を振り、腕を回転させながら踊りはクライマックスに向かっていった。時刻は既に午前三時を回っていた。ビビアンは隣に立っていたベドウィンの男性にフランス語で聞いた。

「モロッコでは、こんなに遅くまで子供を遊ばせておくの？」

男性は少し考えると応えた。

「いや、いつもはそうじゃないんだ。でも今日は大晦日でしょう。そういう特別な時はよくフランス人の親たちは言うんだ、倒れるまで遊べって」

それは台湾の田舎に生まれ、儒教の規律の中で育てられたたビビアンにとっては、新しい考え方だった。台湾では、男の子は親に勉強を厳しくさせられること以外は、割合大らかな規律の中で育てられていた一方、親たちは女の子には勉強は強制しない代わりに、厳しい規律に縛って育てていたからである。その男の子たちにでも、朝の三時に親が「倒れるまで遊べ」と十歳の子供に言うなどは台湾ではあまり考えられないことであった。そしてビビアンは、この台湾的な儒教の規律からは遠く離れた情熱的な踊りと周りの大人たちの狂騒から、なぜか、「人生を生きる人間としての素晴らしい生気」を感じていた。

ふと見ると、少年の目はビビアンを捉えていた。ベルトランの目は濡れて輝いていた。そして、明らかに男性の女性に対する好意を持って、ビビアンを見つめていた。踊りが終わるとベルトランはテーブルから飛び降りて、漆喰の壁際から張り出した腰かけ壁の上に置いてあった花瓶からハイビスカスをローズマリーで包んだ花束を取り出すと、それを両手で持ってビビアンの目前で片膝をついた。そして彼は頭を少し下げて彼女にその花束を捧げた。ベルトランは、自然に曲線を描く、燃えるようなブロンドの髪がかかっている少し下がり目の大きな緑色の目で、ビビアンをじっと見つめた。激しい踊りから流れ出る汗が幾筋も彼の髪の間を通って卵のように丸い彼の滑らかな額を走っている。ビビアンは、予想もしなかった熱気のこもった無言の告白に、少し頬を染めながら少年の前でしゃがむと、その美しい顔の濡れた額、そして、両頬に口づけをした。リビングの客たちから、口笛と歓声が上がった。ベルトランが一歩前に出ると、ビビアンは手を伸ばした。二人はしっかりと抱き合った。そしてビビアンは思わず呟いた。

「何て素晴らしい人生」

喧噪は終わり、ベネディクトがいつの間にかビビアンの隣に立っていた。彼女は優しくビビアンの腕を取ると、彼女を家の外に連れ出した。漆黒の空に浮かぶ月明かりが眩《まぶ》しい。白銀に輝く宝石のような満月の円形が揺れる波間にキラキラと反射している。砂浜には幾つもの白い岩が突出していた。波打ち際の大きな岩に二人は腰かけた。暫くの間、二人は無言で水平線まで続く銀色の一本線をただじっと見つめていた。

やにわにベネディクトが懐から一本の酒の瓶を取り出した。彼女はビビアンの前に跪《ひざまず》き、かがみ込むように顔を出すと下からビビアンを見つめた。戸惑うビビアンを見ると彼女はまた元の位置に戻って、鈴が鳴るような透明な声で笑い出した。ビビアンが驚いて見ているのを他所《よそ》に、ベネディクトは、今度は腰の辺りから長い柄のナイフを取り出した。そして、月に向かって瓶を掲げると「ビビアン、新年のシャンペンはこうやって開けるのよ」と言って、ナイフを瓶の首のところに斬りつけた。すると、瓶の首は斜め上に向かって切れて、そこからシャンペンの泡が吹き出してきた。飛び散る泡は月明かりに流星のように輝きながら軌跡を描いた。その軌跡を目で追いながら、ビビアンには次第に自分がどこか宇宙の知らない星に来たかのように思えてきた。どこから持ち出したのか二つのシャンペングラスを岩の上に置くとベネディクトはそれを泡立つ薄い黄金色の液体で満たした。幾つもの泡が細かいダイアモンドの粒のように下から上へと上ってゆく。ベネディクトとビビアンは二人だけの乾杯をすると、月に向かって顔を少し仰け反らせながらゆっくりとグラスを上に傾けた。二人は再びグラスを岩の上に置くと、今度は何の抵抗もなく口づけを交わした。二人はお互いの細い肩に震える腕を回し、深い口づけをいつまでも続けた。

「もっと、もっと……気が遠くなるまでこの震えを続けていたい……」

ベネディクトとビビアンの心は今、何と呼べば良いのか分からない生命の波動に共鳴していた。

暫くすると二人は、手を繋いで歩き出した。二人とも無言で足下を見ながら砂浜の上を歩き続けた。ふと二人が顔を上げると、水平線に光の輪郭が一本の湾曲する線を描いていた。それは、二人には、新しい時間が現れたことを物語っているように見えた。ビビアンはポケットからあの花束を取り出した。

ビビアンの瞳から大粒の涙が、幾つも、幾つも、落ちてきた。さっきベルトランにプレゼントされたばかりの花束を手に、顔に今にも崩れ落ちそうなこわれものの笑顔を浮かべながらビビアンは小声でくぐもった声を出した。

「これが私の致命的弱点なの」

花束には「愛している」と子供の手で書かれたカードが斜めに差してある。

ベネディクトは言い返した。

「いいえ、それがビビアンの魅力なのよ」

ビビアンははっとした。そして躊躇《ちゅうちょ》しながら言葉を返した。

「その魅力で判断を誤り、命を失った人を私はたくさん見てきたの」

ビビアンの思いがけない応えにベネディクトは一瞬言葉を失った。

俯いていたビビアンが顎を上に向けた。

「でも、こんなに嬉しいのになぜ涙が出るのかしら」

ベネディクトは言った。

「それは、私たちが感動って呼んでいる感情だと思う」

「感動」

ビビアンは繰り返し言葉にした。

「でも、まだ神様と一体になれたわけではない」

セバスチャンとビビアンとベネディクト

Sebastien, Vivian, and Benedycte

パリに戻って、ベネディクトは、「またね」と言って別れた瞬間から既にビビアンのことで頭がいっぱいになっていた。待ち合わせたカフェで久しぶりに会ったセバスチャンは、モロッコの新年会のことを何気なくベネディクトに尋ねた。

「セバスチャン、有り難う……。本当に有り難う……。そしてご免なさい」

突然、涙を浮かべた恋人に一瞬戸惑ったセバスチャンは、気を取り直して彼女を優しく抱きしめた。

「大丈夫だよ。君は、友達のために自分の大切な時間を与えたんだ。僕こそ君から今まで知らなかった色々なことを学ぼうとしている。君を尊敬している。そして、君を愛している」

セバスチャンの腕の中でベネディクトは心の中で何度も繰り返した。

「違うの。私は悪い人間なの。あなたを裏切って。でも、どうして良いか分からない。これは病気みたいなものなの。私こそ貴方から学ばなければならない。ご免なさいって言うのは私のほう」

ベネディクトを腕に抱きながらセバスチャンはベネディクトの父ニコスとの会話を憶い出していた。

＊

去年の晩夏にベネディクトが両親の実家のあるアンティーブに帰省した時、セバスチャンは彼女に同行して、ニコスとアナイスを紹介された。セバスチャンにとって将来を共にするという意味での女性はベネディクト以外に考えることができなかった。「ベネディクトを失ってしまえば、自分は一生難破船のように様々な女性を転々として腰の定まらない人生を送ることになってしまう」という確信がセバスチャンにはあった。だから誘われたわけでもないのに彼は「ベネディクトのご両親に会いたい」と言って彼女を驚かせたのだった。家族を大切にするという点で、セバスチャンの家族の保守的な文化は前向きだった。

他方で、ベネディクトとの口論のあと「自分には自己改革が必要だ」と考えたセバスチャンは就職のことで仲違いしてしまったジュリアンの家を訪ねた。

「あの時は、感情的になってしまって自分が悪かった。確かに自分の就職が決まった背景には親のコネということが関係しているかもしれない。でも、もしかしたらそうではないかもしれない。少なくとも父親には就職先の相談はしていなかったんだ。長い間培った二人の間の友情にかけてこれだけは本当のことだと信じてほしい。でも事情はどうあれ、不条理な感情をぶつけてしまったことを謝りたい。そして、可能ならば許してほしい。大切な友達を失いたくないんだ。本当に申し訳ない」

ジュリアンは黙って友人の言葉を聞いていた。そしてセバスチャンの真摯な言葉が終わると、一言返した。

「君は人間が大きくなったね。友達として、僕は誇りに思うよ。僕こそ酷いことを言ってごめん。今度の週末、バーベキューをするのだが来てくれるよね」

セバスチャンは笑顔で応えた。この和解の翌日、セバスチャンはベネディクトとともにアンティーブを訪れた。

セバスチャンにとって南仏のベネディクトの実家で経験したあまり馴染みのない、男と女が均衡のとれた会話を交し、男性が洗濯のほかに、テーブルセッティング、後片付け、庭仕事を共にするという文化との出逢いは思いの外心地好かった。

ニコスは、セバスチャンを遠くに海を一望するテラスに誘った。冷えたサンセールを勧めながら、ニコスは、セバスチャンの人生観、仕事と私生活への考え方、そして伴侶とはどのようなものか？　といった質問を仕かけてきた。

「男は女性に経済力を提供し、女性は男性の家庭を守る。女性が子育てをしっかりとして家を守り、男性は仕事を通じて社会との繋がりを維持してゆくものだ。そのように父にはいつも教えられてきました」

セバスチャンがつい、父親譲りの保守的な発言をしてもニコスは決して頭ごなしの否定はしなかった。

「そういう考え方もあると思うのだよ」

そう言って、ニコスはもう一度乾杯を求めてきた。その瞬間、海側から吹いてきた微風がセバスチャンの髪を揺らした。髪をすぐに直したセバスチャンがニコスを見ると彼は乱れた髪のままじっと海を見つめていた。セバスチャンは今まで心の中に閉じ込めてきた言葉にしたい自分の衝動を口に出したくなっていた。そして、彼はいつの間にかそれを話し始めていた。

「時々……」

セバスチャンがそう言いかけると、ニコスは優しい笑顔で彼を見つめた。

「時々、こういった自分の考え方が間違っているのではないかって、そう疑問が心に過ることがあるんです……」

ニコスは何も言わずに耳を傾けてくれている。

「ベネディクトを幸せにしたい」

突然出てきた気持ちを表す自己表現にセバスチャン自身が驚いている。

「彼女を幸せにするのに、僕のこの伝統的な男性中心の考え方はあまり貢献しないのではないかって、そう疑問に感じることが最近多くなって……」

ニコスはじっとその海のように澄み切った青い瞳でセバスチャンを優しく見つめている。

「彼女の幸せを考えるならば、自己中心的な考え方を捨てたいって、そう思っています。父には父の考え方があり僕はそれを尊重している。でも僕は僕だ。その僕にとって、ベネディクトなしの人生は考えられない」

ニコスが、グラスにワインを注ぎ足してくれた。そして彼の目線は再びコートダジュールの向こうの水平線に向かった。

「君は素晴らしい。セバスチャン、僕は君のことが好きだよ。君がベネディクトと将来を共にすることができるかどうかは二人がこれからどんな関係を築いていけるかにかかっている。でも……」

ニコスのバリトンは人の心を癒してくれる。セバスチャンは無言で応えた。

「…………」

またあのバリトンが心に響いてくる。

「寛容さ」

「…………」

「寛容さとは、相手がおかした過ちを許す心の余裕のことかもしれない。それを持ち続ければきっと上手くいく。そう思うのだよ」

セバスチャンは、今までの人生で、年上の人と話した時に一度も味わったことのない何とも表現し難い心の安らぎを感じていた。ベネディクトはこんな父親に育てられてきたのだ。

「寛容さ……。忘れないようにします」

「まぁ、ゆっくりと楽しもう。南フランスもたまには悪くないかもしれない。どうかな」

ふたたび、海側からの微風が二人の髪を揺らした。

今度はニコスが髪を直したが、セバスチャンは髪を風に揺れるままにした。

グラスを差し出してきたニコスに自分もグラスを持ち上げて応えたセバスチャンは「ここには心地好い幸せと心の憩いがある」

そう思った。

＊

セバスチャンと別れて買い物に行くと言って歩き出すと、ベネディクトはすぐにビビアンに電話をした。

「あなたのおかけになった番号の持ち主は電話のかからないところにいるか電源を切っているためにかかりません」

留守電にさえなっていない。

「ビビアン、貴女に直接聞いてみたい。貴女は誰なの」

＊

何日かあと、音信不通になっていたビビアンからベネディクトに電話があった。

「ごめんなさい、私、携帯電話の番号を変えて気分を一新したいと思って。ベネディクトと過ごしたモロッコの日々は、あまりにも今まで生きてきた人生と違ったの」

そう言って謝ったビビアンと、ベネディクトはコレット公園で待ち合わせをした。マリーが夫と離婚することになり、彼女の親友たちでマリーを励ますパーティーを開くという。ベネディクトは、そのパーティーにビビアンを誘った。ベネディクトの顔を見つめるビビアンの表情に、何か二つの相反する感情の行き来を読み取ってベネディクトは言った。

「あなたはもう、私の人生の大切な一部なの。行かないなんて絶対に言わせないのだから」

ベネディクトは、ビビアンの華奢な胸に体を投げ出した。そして、その胸が思いの外筋肉質であることを感じて、はっと体を離した。

ビビアンは、ベネディクトを抱き戻して言った。

「私は行かないわ。どこにも……」

まるで男性に抱きしめられるような力強い抱擁を受けながらベネディクトは言った。

「どこにも行かないで、絶対に……。ビビアンは、しっかりと見ていないときっと遠くへ行ってしまって、そして、二度と戻ってこないじゃないのかって、いつも、とても怖いのよ」

ベネディクトは、今まで決して口に出したことのない、そしてビビアンといる時、常に彼女の心の中にわだかまっていた不安を初めて彼女の前で口にした。

「大好きよ」

ビビアンの思いもかけない言霊に不意をつかれたベネディクトは、すぐに気を取り直して応えた。

「私も大好きよ。とっても、とっても」

パーティーは「解放」(Libération)と名付けられていた。招待された客は女性ばかりで、男性は給仕しかいない。ビビアンはここにいる女性たちが誰も、値段とブランドで着飾ったのではない、時間をかけて探し出した、飾りすぎない一方で各々の美的個性を優美に際立たせる衣装に身を包んでいることに感心していた。母国や北アジアの国々で好景気を受けてにわかに裕福になった女性たちは、高額できらびやかな衣装のブランドを自慢していることが多い。それに対して、ここパリの彼女たちは、そこはかとない美と知性を醸し出す、ブランドでない厳選による美を自分自身の眼力で見つけ出してきたことを誇りに思いながら、節度のある振る舞いを自然にしている。ビビアンはそれを華麗という言葉の本来意味するところだと感じていた。

「アジア独自の創造性って何かしら」

ブロンドの小柄な女性がビビアンに近づいてきて、声をかけた。

ここ西ヨーロッパではデザイナーだけではなく街の人々が芸術と流行を創り出し、その独自性を誇りとする。北アジアや他の一部の世界では西ヨーロッパで生み出された流行を身につけるブランド性を誇りとする、というのはさすがに言い過ぎかもしれないと思い、ビビアンはその考えを心の中にしまっておいた。

「かつて、創造性は世界各地に独自なかたちで存在していたけれども、今は、西ヨーロッパから東ヨーロッパや北米、南米へ、アジアからアフリカへ一日で行くことのできる時代になって、玉石混交した創造性が文化の違いをアレンジというかたちで独自性を生み出すようになっている気がします」

聴く者の心をくすぐる掠れ声で上手なフランス語を口にするビビアンの、女性的だがシンプルでそして彼女の可愛さを柔らかく助長するような衣装と、彼女の持つ不思議なエキゾチックさに惹かれて、ビビアンはいつの間にか何人もの女性たちに囲まれていた。その様子を、ベネディクトは複雑な気持ちで見つめていた。ふと、どうしようもない嫉妬心に心を奪われたベネディクトは、乱暴にビビアンの腕を摑まえると、パーティ会場をあとに走り出た。

「どうしたの、ベネディクト？　少し変よ……」

「………」

「ベネディクト」

「好きなの。好きで好きでたまらないのよ。分からない。私はあなたに恋をして、そして、愛してしまったの。他の女性たちとあなたが知り合って、彼女たちのものにされてしまうのが嫌なの、怖いのよ……。あなたが彼女たちと口づけしたり、ベッドに連れ込まれたりしたら、私きっと、気が狂ってしまう」

「ベネディクト」

「………」

「私はアジアの女性。アジアの女性が皆そうだという訳ではないけれど、でも一般的に私たちは、同性愛に慣れていないのよ。同性愛が嫌いなのではなくて、それに触れるのが怖いの。そういう規律の強い儒教独特の価値観に基づいた情操教育をされてきたアジアの女性と、比較的に自由で民主的な教育をされてきた女性たちには根本的な違いがあるの」

「……それは何？」

「したいことが簡単に行動に移せない」

「つまり、何が言いたいの」

「私は浮気をしないし、しようと思うことも決してない。だからあなたの心配は全く無用ということ」

「本当？」

「絶対に。だって、私もあなたに、恋をしているから」

パーティーを抜け出した二人は、シャンゼリゼ通りを、ハイヒールで走り始めた。二人は大きな道の一番高いところに着いた。もう、ゆっくりと太陽が沈み始めている。

「パリが全部見える！　パリ中に灯火が点いている！」

ビビアンが大きな声をあげた。


雨雲が空を覆い始める中ゆっくりと夕刻を迎えようとしているパリの、オフィスや店に灯された光が、ダイアモンドをまぶしたように煌めき始めている街を、二人が立っているシャンゼリゼ通りの一番上にある凱旋門《がいせんもん》から見下ろすことができた。少し笑顔を見せたあと、ベネディクトは初め少し恥ずかしそうに、やがて思い切り、滑るように歌い出した。

「……オー……シャンゼリゼ……」

二人ともいつの間にかハイヒールを脱いで裸足で歩いていた。ボツリポツリと雨が降り始めた。ジョルジュサンクの前に辿り着いた頃、雨脚が早くなりはじめた。ビビアンは足を止めた。自分が慣れた緊迫の時の流れの延長線上に、この美しい時の優しさが繋がっているなんて……。今、ビビアンはその二つの矛盾する、そして永遠に繋がっている時の狭間に一瞬立ちすくんだ。

「ビビアン、どうしたの」

ベネディクトの鈴のような声がビビアンを緊迫の時の流れから、美しい時の優しさに戻してくれた。突然、ビビアンがずぶ濡れになってきたお互いのドレスを指差しながら笑い始めた。ベネディクトは最初のうち当惑して曖昧に笑顔を返していたが、ビビアンが笑い過ぎて、腰を屈めようとしてうっかり足を滑らせて歩道の中央に座ってしまった様子を見ていると何だか自分まで可笑しい気持ちになり笑い出した。二人はずぶ濡れのまま止まらなくなった笑いで噎《む》せ込んで両手でお腹を抱えた。

*

その夜、二人はビビアンの部屋に向かった。先にシャワーを浴びて出てきたベネディクトがバスローブを羽織り始めた。ビビアンは湯気の立ち籠める浴室に入るとバスタブにお湯を流し入れ出した。暫くして濡れた服を脱衣場の床に脱ぎ落とすと浴室に入った。扉を閉めたビビアンは歌い始めた。Velvet Easter、あの歌だ。ビビアンの少し掠れた声を聞いていた。ベネディクトは、突然、意を決したかのようにバスルームに向かって歩き出し、浴室の扉を開いた。ビビアンは最初、困ったような表情だったが、やがてバスタブから立ち上がると、ベネディクトに向かって歩き始めた。

「愛している」

その言葉を受けたビビアンの身体に雷で打たれたような衝撃が走った。ベネディクトの柔らかい唇が、身体が震えて止まらなくなったビビアンに重ねられた。

「神様が自分の上に降りてきて……そして……心の中に入ってくるときほんの一瞬だけれども一体になれる瞬間があって……その時に体全体が震えを感じる経験……。……神様……これが……感動……ですか……」

ビビアンは生まれて初めてその感情を全身に感じて、気が遠くなっていく自分の中に溺《おぼ》れていった。

「この瞬間のために今まで生きてきたのに違いない。きっとそうに違いない」

ベネディクトはこれまでの人生のすべてが取るに足らないもので、この瞬間を、この感動を味わう一瞬のために用意された前座の舞台なのだと感じた。


二人はベッドの中で、これまでの人生で間違いなく最高の一時、いつまた訪れるか分からない、いや、きっと二度と再び訪れることのないこの煌めきの瞬間に縋り付くように、それぞれの愛し方で激しく愛し合った。少し開いている部屋のカーテンの隙間から見える街を覆う漆黒の大空に瞬く無数の星の間を抜けるように、煌めく流星が長い一筋の軌跡を描いていた。

II

イングリッド　*Ingrid 2004 - 2006*

イングリッドの能力の性質は様々な意味でビビアンの持っていたそれと重なっていた。しかし、二人には少なくとも三つの決定的な相違があった。それは、「自分の能力への矜持《きょうじ》の有無」が一番大きく、次いで「集団の統率力の執行の方法」、そして「組織への参加動機」であった。

ビビアンは、その人生が絶望と諦めから始まっていたために、アルフォンソに声をかけられた時から自分の未来に何も期待していなかった。彼女は自分の抜きん出た教養、男性戦闘員を凌駕する生まれつきの身体能力、組織の構成員としての並外れた資質、そしてそれらに対する矜持、そういったものに全く興味を持っていなかった。すべては、「あの時決めた道」に始まりそれを否定する思考や想像力を働かせることをすべて拒絶して生きてきた。また、集団の統率力では、「自分の指揮下にある構成員を作戦完遂のために正確、冷酷、かつ徹底的に煽動《せんどう》する点」では双方同等の能力を示していたが、作戦終了と同時に周りの構成員の存在自体を忘却してしまったがごとく振る舞うイングリッドに対して、ビビアンは彼等に労りの言葉をかけることを一度として忘れたことがなかった。ビビアンは、作戦が終わると心の中で「皆、生き延びるのよ。私のような生き方をしてはダメ……」と手を合わせていた。

ビビアンのすべての根源は何も期待しない地点から始まっている。イングリッドは孤児であったが、幼少の頃からその抜群に高い知能指数に魅かれて王立科学アカデミーが、イングリッドがいるストックホルムの養護施設に教員を定期的に派遣していた。また、男児の誰にも負けない極端に強靱《きょうじん》な弾力性をもった身体能力にスウェーデンのオリンピック協会も早くから彼女に興味を示していた。そして、施設で起きる様々な児童同士の揉め事に際して、イングリッドは類稀なる指導力で対応し、解決した。

「この子がいれば私たちは必要ないのではないか」

そう施設の指導員たちに思わせた程、彼女には幼い頃から人徳があった。

一方で、イングリッドのとった行動に対して感謝の感情を示す児童たちや指導員に対して、彼女が何か感情的な反応を返すことは全くなかった。まるで、自分の役割が終了した時点でそこから完全に解放されることが本能であるかの如くイングリッドは振る舞った。彼女は自分の存在を完全なる機能として表現することを愛したが、それに付随する感動や驚き、怒り、悲しみといった感情の起伏に触れることを忌み嫌った。その機能のことを彼女は神からの賜り物と呼んだ。

ある日、施設で事件があった。それは、イングリッドが入所してからひと月ほどあとのことだった。同じ施設の八歳になったばかりのステファンが、他の児童に向かって大きな石を投げ始めたのだ。庭を囲む漆喰の塀が塗り直されたばかりだったのだが、一部崩れていた下地の煉瓦《れんが》を新しいもので組み直した時に、建築作業員が古い崩れた煉瓦をそのままにしていた。その大きな屑煉瓦をステファンは投げた。屑煉瓦がある場所に辿り着くには塀と庭の内側をくるりと囲んだツツジの茂みの上を跨《また》ぐか下をくぐり抜けなければならず、高さが一・五メートル、地面と茂みの隙間が三十センチ足らずのこのツツジの垣根に阻まれて児童がそこに行くことはまずないだろうと誰もが何となく思っていたために特に何の手も施していなかったのだ。

ステファンはイングリッドと同じ日に入所した、輝くようなプラチナブロンドの活発で明るい男の子で、同じプラチナブロンドのイングリッドを見ると零れるばかりの笑顔を浮かべて手を差し延べてきた。二人はすぐさま仲良くなった。その日の午後、庭でのお遊戯の時間になると「ちょっと待っていて」とウィンクをするとステファンはやにわに駆け出した。そして、信じられないような滑らかな動きでツツジの垣根のハリネズミが漸く通り抜けられる程の幅しかない地面との隙間を通り抜けるとあっという間に塀際に辿り着いた。

ステファンは、その下にひっそりと咲いていたヒナゲシの花を一輪摘み取ると、それを翳しながら「イングリッド！」と叫び、投げキスをしてきた。

イングリッドは嬉しさと一緒に、冷え切った茶器に突然温かいお湯を注がれたような、熱い何かが自分の頭のてっぺんから足の指先までを充たしていくように心の中で温かい何かがとても早い速度で流れていくのを感じていた。

「この感情は何なのかしら。まさか……」

そんなことを考え始めた彼女の周りがやにわに賑やかになった。

「ステファンはイングリッドが好きらしいぞ！」

一人の男の子が大きな声でそう言うと、他の児童たちもそれに釣られて騒ぎ立て始めたのだ。ステファンが最初に騒ぎを起こした男の子に向かって屑煉瓦を投げ始めたのはこの時だった。イングリッドは「いけない。怪我人が出てしまう」と咄嗟に閃き、ステファンの投げたいくつもの石を見た。そして彼女は気が付いた。すべての石は空中に止まっていた。いや、正確には非常にゆっくりと空間を進んでいたのだった。石が空中をゆっくりと走る地点に向かったイングリッドはそれを一つずつ手に取ると、地面に投げ落とした。それはイングリッドにとってはたやすいことに思えたが、他の児童たちの目にはまるで目前で扇風機が高速で回っているようにしか映らなかった。

もっと正確に表現すると、児童たちにはその扇風機がイングリッドであることさえ分からなかったのだ。イングリッドがステファンの投げた瓦礫《がれき》をすべてその手で受け止めてそれらを地面に放り投げたあとに残ったのは凍り付くような沈黙と恐怖の余韻だけであった。

この事件のあと、彼女は養護施設の中の児童からは恐れられ、保育士たちも無意識に彼女と距離をおくようになったと、イングリッドは感じた。一人、園長のビョルン・ノーレが園内で孤立するイングリッドに優しく言ったことがあった。

「正しい選択をするのに遅すぎるということは決してないのだよ」

この言葉を通じてノーレ園長は、イングリッドの行動が遅れたり、彼女があの時に躊躇したりしていれば、何人かの子供たちが怪我をしていたに違いないのだから、彼女が悩むことは何もないと伝えようとした。しかし、イングリッドは「自分はここを出て、自分を待っている神のいるどこかへいつか飛び出していく必要があるのだ」と前向きではあったが、自分のいるべき他の場所へと、つまり向かうべき未来に向かうという、別の意味に受け取った。事件から暫くして、園長の啓蒙もあり、次第に彼女は児童や保育士たちに以前のように受け入れられるようになっていった。だが、それはイングリッドが「自分でない人間のふりをする」ことを徹底したからであって、本来の彼女がそのまま受け入れられることを意味していないことは彼女もはっきりと理解していた。

ノーレ園長の一言を受けた瞬間からイングリッドは自らの心を専ら閉じ切って、以後それを開くことはなかった。ただ一人、ステファンと話すときを除いては。二人は時折、昼食が終わると、施設に置かれているチェスの盤を睨みながら勝負をした。イングリッドは攻めの、そしてステファンは守りのチェスに集中し、何時間も勝敗がつかないまま夕食の時間となるのだった。そして、二人はチェスを終えると周囲に意を介さずにしっかりと抱擁して食堂に向かった。

これは二人にとって儀式のようなものであり、この数時間が二人の精神的な結びつきを強くし、かつ二人の気持ちを安定させていた。ビョルン・ノーレ園長はこの二人の行動を前向きに捉え、保育士たちにも優しく見守るように指示をした。

それから二年後、イングリッドに大きな変化を与える出来事が起きた。ヘンリック・ホルムと名乗る政府からのスカウトと言う男性が施設を訪ねてきた時のことだった。彼から、それを聞く誰もの心を安定させる低い声を響かせながら、人類があるべき姿を語る崇高な哲学、そして「世界をより良くする」という具体的な指標の説明を受けたあと、イングリッドは「これだ。これは神様が私を必要としている根源を明かしてくれた瞬間に違いない」と感じた。

実は、ノーレ園長はスウェーデン特殊部隊の中で軍事教育を専門としていた知的技能者と呼ばれる公務員であった。そして、この地位のまま施設の園長をノーレが務めるという選択には、スウェーデン政府の軍事部門の意思が反映されていた。身体および知性において特殊な能力をもつ者は、選択の余地なくこの施設に送られていたのだ。イングリッドもその一人であった。ただ、この施設がそのような目的で使われるようになって、つまりビョルン・ノーレがこの施設の園長に就任してから、イングリッドが入園するまで三か月しか経っていなかった。そのために、彼女が入園した時には保育士や子供の構成が、特殊技能者の保育士と特殊能力をもつ児童の一団と普通の児童と保育士とが混合されていたのだ。しかしこのことがイングリッドにとっては彼女の優秀な戦闘員としての性格形成を位置づける大きな要素となっていた。

ヘンリック・ホルムはアルフォンソだった。組織がスウェーデン政府内に送り込んだスパイ要員からイングリッドの存在を聞きつけ、ヘンリック・ホルムという実在のスカウト専門のスウェーデン軍事顧問になりすましたのだった。本物のヘンリック・ホルムはこの前日消息を絶っていたのだが、それに誰かが気付く前にアルフォンソは行動を起こした。丁度、ビョルン・ノーレが出張している日を狙って、施設を訪問したアルフォンソは、イングリッドに言った。

「君はこの施設では孤立した存在ではないのかね」

「そのことと、あなたとの間に何の関係があるのでしょうか」

「正しいと思うことをして非難された経験はないかね」

「あなたには関係ないことだと思います」

「いいかい、今から話すことを聞いて、嘘《うそ》だとか出鱈目《でたらめ》だとか信じられないと思ったらこの面接は終わりだ」

「…………」

その話はイングリッドにとって、体を巡る血潮が沸き立つ程感動的なものであった。

「社会的な使命のために命を捧げる」

今までイングリッドは自分が何のために生まれ、どんな使命を神に与えられたか分からないままに人生が無為に過ぎていくのではないかと自問自答してきた。親の愛を知らないまま生きてきた彼女にとって、生きる理由に家族とか友人といった通常の人間が普遍的にもつ生き甲斐《がい》を得たことは物心ついてから一度もなかった。ステファンとの時間がイングリッドにとって唯一の安らぎの時間ではあったが、いつかそれを失うことになるだろうという確信があった。彼女にとってはステファンとの時間も含めて、それまでの彼女の人生そのものが神に与えられた使命の追求に他ならない明確な経験になった。そして今、不当に抑圧されてきた多くの人々を解放するという使命をアルフォンソに示された。「神様、有り難うございます。これまで生きるために求め続けてきて一度もその片鱗《へんりん》さえ感じたことのなかった使命をお与え頂きました。私はこれから命尽き果てるまで、これを生き甲斐に命を惜しみなく使い切って参ります。一縷《いちる》の綻びもなく」

イングリッドは透き通るような秋の青い空に向けて言葉を投げかけた。

彼女はある早朝未だ暗いうちにアルフォンソに園から連れ出されると、彼と共にキャンプに向かった。そして、様々な訓練で卓越した能力を身につけて以降、すべての作戦を執行完遂する度に彼女は、手を合わせて天を仰ぎながら「神様、また一つ終わりました」と報告するのだった。

ヨーロッパを発つ前に、アルフォンソがイングリッドに言ったことがある。

「君の両親のことを調べた。そしてある程度の情報を手に入れているが、聞きたいか」

彼女は間髪を置かずに返答した。

「意味のないことを聞いてどうするの」

彼女の目には全くためらいというものが映っていなかった。そして彼女の凍り付くように美しい緑色の目を見て、アルフォンソは冷たいなにかが背筋に走るのを感じた。逃げることのできない動物の本能的現象、「自分の生命への圧倒的な脅威に遭遇した時の誰にも避けられない肉体的反応」と説明されているものだ。

「これは、ものになる。それも大変なものに」

イングリッドのあらゆる思考活動の基盤は「困難な挑戦を果たすことへの希望」から始まっていた。そしてそれは、アフガニスタンでの作戦に参加するまで続いた。

＊

ゾロアスター教発祥の地とも言われるアフガニスタンは、紀元前四世紀にマケドニアのアレクサンダー大王の打ち立てたバクトリア王国として繁栄を享受するというアジアの国家として特殊な歴史をもつ。八世紀からイスラム国家となり、十四世紀にモンゴル帝国に組み込まれた時以外、ずっとイスラムを基軸にした文化を標榜している。

六十五万平方キロの国土に住む三千八百万人のアフガニスタン国民の内訳は、パシュトゥーン人四十五パーセント、タジク人三十二パーセント、ハザラ人十二パーセント、ウズベク人九パーセント、トルクメン人他二パーセント、国民の半分以上がダリー語を話し、残りはパシュトゥー語を話す。

サラン峠は、アフガニスタンの標高四千メートル級の山々が連なるヒンドゥークシュ山脈の中にある。首都のカブールと、シーア派初代イマームのアリー・イブン・アビー・ターリブの聖《せい》廟《びょう》がある北部のイスラムの聖地マザーリシャリーフを結ぶ街道に位置するこの峠を巡っては、様々な思惑が歴史の流れを作ってきた。

古代から聖地と首都を結ぶ数少ない交通路として、往来は多くあったが、非常に急峻《きゅうしゅん》な土地であり、かつては、冬はもちろん、比較的暖かい季節でも車の通行は困難であった。しかし、一九六四年には、国境を接するソビエトの支援により何本かのトンネルが建設され、冬の間でも悪天候に見舞われなければ通行ができるようになった。その中でも標高三千三百六十三メートルに位置する全長二千六百メートルのサラン峠に作られたトンネルは世界で最も高い土地に作られたトンネルと言われている。このサラン峠の支配をめぐって、アフガン紛争時代の一九七〇年代から一九八〇年代の終わりにかけてはムジャヒディン・ハルクとソビエト連邦軍、一九九〇年代には北部連盟と南部同盟の間で激しい戦闘が繰り返された。

今、このサラン峠の中でも最も急峻で通常は誰も近づかない山中の洞窟の一つの外に設けられた、入り口が開いたテントの中で、イングリッドは少年兵にカラシニコフを向けられながら木製の組立椅子の上に座していた。

「あとで外に一緒に出よう。そうしたら、目を一度上に向けてごらん。澄み切った青色が頭を覆うよ。他には何も見えないんだ。砂漠で夕方同じことをやってごらん。今度は、金色が目の前の景色を全部埋めてしまうよ。でも、それは少しの時の間だけだけれど」

サラン峠の麓に設えられたムジャヒディン・ハルクの前線基地に潜入して、いとも容易く破壊したあと、イングリッドは自主的に捕虜となった。本部に入り込み、そして、本部を徹底的に破壊して、このムジャヒディン・ハルク最強の一団を殲滅するためであった。

バシール・ハリーリのムジャヒディン・ハルクは、南部同盟と交戦していたが、南部同盟はアラブ諸国へのルートを通して、アルカイーダと繋がり、欧州や中東での破壊活動を画策していた。その中で、南部同盟は、ＥＴＬも欧州の西洋的腐敗をもたらす思想を持つ組織の一つとして、破壊活動の対象としていたのだった。二〇二一年八月三十一日の駐留米軍の撤退後、タリバンはアフガニスタン全土を掌握して暫定政府の設立を宣言した。その反動で米国およびヨーロッパという世界経済の過半数を押さえる国々から経済制裁を受けて孤立化する中、少しでも支援を享受できる組織を必要としていたタリバンはETLとの関係を修復しつつあった。そして、タリバンは、深い関係で繋がっているアルカイーダが、ETLと共闘したがっていると伝えた。しかし、このタリバンとアルカイーダの考えを良く思わずに何かと攻撃的に戦争を仕掛けてくるバシール・ハリーリのムジャヒディン・ハルクの殲滅に力を貸してくれないかと、タリバン側が要請してきた。トールの減少もあり、欧州内での攻撃力の強化が必要であると以前から認識していたETLは、アルフォンソら数名の幹部の反対を押し切って、組織内で最高の破壊力を誇る戦闘員をアフガニスタンに送り込み、まずはタリバンとアルカイーダにETLの本気度を伝えた。次に、作戦をいとも容易く実行する実績を見せつけて、彼等がETLと再び敵として向かい合ってくる意志を弱めることを狙った。ETL組織内のこの決定を受けて、ETLではまずはムジャヒディン・ハルクを徹底的に追いつめる作戦の実行に入ったのだ。そして、この作戦の斥候の役割を期待されてアフガニスタンに送り込まれたのが、イングリッドであった。

長い道のりを経て辿り着いたこの地には捕虜として連行されていた。相手に殺意ではなく興味を抱かせるために、女性であることを詳らかにして黒髪の鬘《かつら》を投げ捨てると輝くような長い金髪を風に靡《なび》かせながら、施設の破壊のみに徹して、決して死者が出ないように攻撃した。施設はできる限り最大限で派手な損害を被るような攻撃を仕掛けた。そして自ら捕虜になった。通常の攻撃で女性が捕虜になると陵辱された上に殺害される。しかしイングリッドは極めて特異な損害を人的な被害なしに与えた場合、バシール・ハリーリは必ず自分に会いたがると確信して敢えて人質になるという選択をとった。

予想した通り、極度に緊張したハルクたちが捕虜にした彼女に目隠しをして、複雑な道を上り下りしてある場所に連れていった。目隠しを解かれると、そこは大きなテントの中で、彼女と少年一人の二人しかいない広い空間に跪かされていた。少年は、イングリッドに「どこから来たのか」「何の目的があって来たのか」「なぜ、自分たちを攻撃したのか」「どのような組織に属しているのか」といった質問を投げかけてきた。十歳を少し超えたばかりの少年のとりとめのない話を上の空で聞きながら、イングリッドはどうやってこのムジャヒディン・ハルクの基地を最大限に破壊してから脱出するかに集中していた。彼女は、稼働できる限りの破壊のための実践と理論の両方の知識をその優れた脳細胞の回転力で集積し抜こうとしていた。その想いを破るかのように、一人の男がテントの中に入ってきた。

「男が自分の体を求めてきた時が最大の機会だ。その一瞬の喜びを与えると同時に一瞬の苦しみを味わわせ、そして暗闇の彼方に送り出してやるというのが情けというものだ」

そう確信を持ってイングリッドはその機会を窺うことにした。彼女の予想に反して男は体ではなく、握手を求めてきた。

「君は、我がハルクに最大限の被害をもたらした……。しかし、この攻撃の仕方は普通ではない。今まで見たことも聞いたこともない破壊だ。君は今でもその気になれば、私を破壊し、そしてこのキャンプをすべて抹殺できるのではないかね」

男の顔には、敵意もなければ友好の感情もない。男は静かな微笑みを浮かべている。

「何だ、この男は。今までの敵の男たちは、私の目を一度見たら誘惑に勝てずに体を求めてくるか、恐怖に苛まれてその場から逃げ出すか、それとも虐待を楽しんで結果として私の体に手を出してきた。そして、それが私に最大のかつ絶好の機会をもたらした。この安心感は何なのか。この声、この音調、この仕草、すべてがまるで麻薬のように私の精神を必要以上に落ち着かせる。こんな危険な目に遭ったことは今までないはずだ……。将校にしてはこのパシュトゥー語にはあまりにも教養高い単語が並びすぎている。こいつは誰だ。まさか」

男はその美しい顔に知的な笑顔を浮かべて言った。

「あなたをここに迎えることができて嬉しく思う。私の名前はバシール・ハリーリだ」

*

タジク人であるバシール・ハリーリは、アフガニスタンのペック川渓谷にある村に、ムジャヒディン・ハルクの英雄であり北部連盟を率いる将軍ラシッド・ハリーリの二男として生まれた。カブールの高等中学校に通った彼はフランス語と英語で学業を修めた。その後カブールの大学に進学した頃からバシールはイスラム青年運動にも傾倒することになる。一九七三年にソビエト連邦の軍隊が侵攻しイスラムの抑圧が行われると、バシールの父ラシッドは山中の渓谷に本拠地を築き、反ソ連軍ゲリラの司令官として、ソ連軍にしばしば大きな打撃を与えたことから「輝く虎」と呼ばれることとなった。輝かしい戦績に似合わず、何よりも読書を愛するバシールは、アフガニスタンでの戦乱を平和的な会話によって解決し、民主的な政権が誕生することを望んだ。その父であり英雄であるラシッドが暗殺され、バシールが跡を継いだ。そして、今、アフガニスタン山岳地帯を中心に、北部連盟の総司令官として、彼が心から愛するアフガニスタンから南部同盟を追放して平和を取り戻すべく、北部軍団の中心的な役割を果たしていた。ここまでが、イングリッドが教習で学んだ輝く虎の息子ことバシール・ハリーリについての知識だった。


「さぁ、外に出てみないか？　今日は思い切り美しいものが見られるかもしれない」

彼は、イングリッドの手足から枷《かせ》を外すように部下に指示をすると、向けられていた銃も下ろすように兵士たちに手で合図した。

バシールは、イングリッドに背を向けて前を歩きながら、付いてくるように手招きをした。銃も持たず、防弾チョッキも装着していない。彼は全くの丸腰だった。二人は無言のまま、衛兵もつかずに二人きりで三十分ほど崖に掘られた細い道を歩いた。切り立つような崖から見下ろすと、狭隘な渓谷に青い霧が煙っている。

「今、もし私がその気になれば、この男の命を簡単に奪うことができる……」

そう、イングリッドが思っていると、やにわに目の前から道が消えて、大きな空間が広がった。

「目を一度上に向けてみると良い。澄んだ青色のほかは何も見えないだろう。そしてあちらの地平線を見てごらん。あと数分もすると、金色が目の前の景色を全部埋めてしまうよ。でも、それは少しの時の間だけだけれど」

「確か、あの少年兵が同じようなことを言っていた。しかし、彼らは戦うことを目的とした集団ではないのか。何のために正体も分からないヨーロッパ人の私にこんなことをする。私を味方にするといったような愚かな考えで行動しているのではあるまい」

ふと気づくと、バシールが空を指差している。

地平線から中天に至るまで大空が金色に輝いている。

「………」

まるで金屏風《きんびょうぶ》が地球を覆《おお》っているかのような錯覚に心を奪われたイングリッドは空を見上げ言葉を失った。バシールがフランス語で答えた。

「神からの賜り物だ」

そして彼は続けた。

「力を貸してくれないか」
「えっ」
「絶望に打ち拉がれた人々にもう一度、平和と希望を取り戻してあげるために」

*

「もし、アルフォンソの前にこの人間に出逢っていたら、自分の人生はどうなっていたのだろうか。アルフォンソに、不当に弾圧を受けている人間たちを救うことに一生を捧げてみないかと聞かれた時に、それまでの目的と意義に欠ける人生との離別を願っていた自分との決別と崇高な使命に命と一生を捧げる未来に心が打ち震えた。しかし、この男は全く違う。彼の話し方、醸し出すオーラ、そしてその存在感自体からそれまでの活動が全く無駄な時間であったと思える程の感銘を受けてしまう。自分よりも大きな何かを教えてくれた人間」
バシール・ハリーリの登場は、イングリッドのそれまでの価値観をすべて変えてしまう程強烈であった。出逢ってから数日、イングリッドは早朝から夜半にかけて自分の疑問に思ってきたことをバシールに徹底的に投げかけ、バシールも一つ一つ丁寧に語り尽くした。イングリッドは自分の気持ちが次第にバシールの考え方に影響されて、彼の言うところの命をかけて取り組むべき使命に自分が次第に傾斜してゆくことを止めることができなかった。しかしそれがすぐに彼の組織に鞍替《くら》えして彼らのためにイングリッドが自分の身を投じるところまで決心がいった訳ではなかった。一方で、「自分にとってこれ以上に大きな使命が世の中にあるだろうか。いや、バシールの言う使命とは本当にそこまで考える意味のあるものなのだろうか？」という自問自答が彼女の中で形を作り始めていることも感じていた。

南部同盟の一員に扮装《ふんそう》して行脚してきた道すがら、戦闘を始めるまで男装をしていたイングリッドは一度として身柄を疑われたことはなかった。作戦の始まる前に、イングリッドは喉元にシリコンを埋め込む手術を受けて喉仏を偽装し、特殊な薬品で声音を低い濁声にしていた。捕虜になるその時までは男性として過ごし、捕虜になる直前に女性に戻る作戦だった。人前で服を脱ぐ機会の少ないイスラム圏で肌を見せることはなく、また車が泥濘《ぬかるみ》に嵌った時等、力仕事に率先して参加して、道々、周囲の信頼を得ていった。そういった中で連れていかれた街中で、彼女は凄惨な女性たちの惨状を目の当たりにしていた。街はずれの焼却場に焼け焦げた死体が転がっているのをじっと見つめていた時、一緒にいた男たちが笑いながら、

「みだりに男たちと口をきいた報いさ」

と言った。彼女は、

「当然の報いだ」

と言いながら一緒に笑って過ごしたあと、

「お前たちも参加したろうな」

と聞き出すことを忘れなかった。指を上げて応えた彼らに、指を上げて応えたイングリッドは、夜中に全員を殺害し、その体を焼いた。男たちの焦げた死体を焼却場に無造作に投げ捨てると、イングリッドは女性の焼けた遺体を土に埋めて葬り、木の墓標を立てて、「勇敢に戦い抜いたムジャヒディン・ハルクここに眠る」と銘打った。大きな危険を犯す行為で、本来決してやってはならない仕業ではあったが、イングリッドは、本能的な使命感の衝動を自然に受け入れた。また、道すがら聞いた噂によると、アフガニスタンに同志と訓練のために出ていた中東のテロ組織の首長の娘が、彼女の身元を知らないアフガニスタンの男たちに輪姦され、さらに惨殺されたという。

「果てしのない愚かな暴力の繰り返しをどこかで誰かが食い止めなければならない。そしてそれは、当事者の男たちが実行すべき義務だ」

その話を聞いた時に、イングリッドはそう感じた。

「完全なる男社会のアフガニスタンで、私があなたを助けられるはずがない。あなたは、非現実的なことを申し出て、私を迷わせようとしている」

一言いった上でイングリッドは付け加えた。

「例えば、あなたの目の前で、他の男と何度か喋《しゃべ》ったからといって焼き殺されそうになっている主婦がいたら、あなたはそれを止められるのかしら。止めることで自分自身が殺されるかもしれないのに」

バシールは言った。

「男女に区別は必要だが、差別は徹底的に排除されるべきだ。この区別と差別のはき違えが多くの悲劇を生み出している。だから私はこの悲劇をこの世の中からなくしていくことに貢献したいのだよ。そのためには、美しい心を育む環境づくりが必要なのだ」

「美しい心という言葉の曖昧さは、危険をもたらすのではないのかしら?」

イングリッドが間髪を置かずに質問を返した。

「美しい心を育てるためには品格のある建物のある街に住むことが求められる。均整がとれ芸術性に満ちたものが品格のある建造物と言える。ストイックさと豊かさの両立、そして何よりも大切なのは物語性なのだよ。男性だけが創った建物の建ち並ぶ街並みにこれを求めることができると考えるかね。女性が繊細な情緒性を建物に注ぎ込んでこそ、街並みに物語性が生まれるのだと思うのだよ。そういった均衡のとれた物語性を生み出していくのが男女の美しい心だと思う」

「あなたの言うところの美しい心と物語性のある国が生まれたあと、あなたは何をしたいのかを言って」

イングリッドは続けた。

「平和で民主的な世の中がアフガニスタンに戻ったら、私は、建築工学に身を捧げて、今まで見たことのない、女性の建築家による優美で物語性豊かな建物の建ち並ぶ街並みをこの国の中に創り上げていきたいのだ」

「物語性豊かな国ということね。でもそこで平和を手にした人々は何をして生きてゆくのか」

「人は生身だ。いつ死ぬかもしれない。明日かも、来年かも、そして今この瞬間かもしれない。だから、必死に生きるのだ。そしてそれは自分のためではない、他の人たちの幸せのために命を捧げるのだよ。この命の尽き果てるまで。そうしないと死んでいった数多の者たちに申し訳ないではないか。他人の幸せのために尽くす労働は神への最大の奉仕だと思う。私は、この命尽き果てるまで神への奉仕を続けてゆく覚悟だ」

イングリッドがもう一度問いかけた。

「あなたの目の前で、焼き殺されそうになっている主婦をあなたは助けるの、それとも、見過ごすの」

バシール・ハリーリは、今度はきっぱりと応えた。

「私は助ける。この身を危険に晒しても。それが、神が私に与え賜うた使命だからだ」

イングリッドには、一つ一つのバシールの言葉に魂が込められているように感じられた。彼女の鉄の心が、重みのあるバシールの言葉に揺れ始めていた。彼女は思い切った質問をバシールに投げかけた。

「あなたの考え方を実現してゆくためにあなたが実行するべきだと考えていることを教えて」

＊

バシール・ハリーリはイングリッドに、復活しようとしているＥＴＬがアルカイーダやその周辺組織に利用されていて、結果として女性を奴隷化することを厭わない世の中を作り出す政治的破壊活動に間接的に協力していると話した。そしてバシールはアルカイーダに損害を与える手始めとして、その手先として欧州で活動しているＥＴＬを欧州人のイングリッドが攻撃することで復活を阻むことを持ちかけた。

「私は、アフガニスタンのことはアフガニスタン人が、そして、ヨーロッパのことはヨーロッパ人が解決するべきだと思う。しかし私にはヨーロッパには同志がいない。君に私が出逢ったのは神の思し召しだと私は信じている」

バシールの言葉にイングリッドが答えた。

「私はどの宗教も信じてはいない。だから神の思し召しと言われてもしっくりと理解できるわけではない。一方で、私にもある確信がある」

バシールはイングリッドをじっと見つめながら黙って聞いている。イングリッドは続けた。

「それは、この世を動かしている、いや、宇宙全体を動かしている何らかの意思があるということ。私はそれを神と呼んでいる。それをあなたたちの宗教に照らし合わせて神の思し召しと表現するのならば、それは理解できる」

暫くの沈黙のあとバシールは言った。

「正しいことをするのに遅すぎるということはないのだと思う」

バシールはイングリッドが聞いたアラブ系組織の首長の娘が殺された噂は本当であると言った。

それは、アフガニスタンに同志と訓練の視察のために出ていたイエメンのイリヤバングの首長の娘が、ある晩、街で催されていた楽団の祭りに魅入って、鑑賞するために男ばかりの会場に入っていき、そこにいた男たちにその行為を咎められた上、輪姦され、さらに惨殺されたということだった。「軽率な行動をした娘が悪い」と言いながら首長は、その大元であるアルカイーダへの復讐に乗り出したという。
「イリヤバングのカーリッド・ザキ首長も、あなたの助けになってくれるだろう」とバシールは言った。

バシールの思想、そしてその人物の大きさに心身ともに感銘するイングリッドであったが、今や、自分のアイデンティティの根源として、人生の半分を過ごしてきたバスク同盟を裏切るという考え方には、未だ完全にはついていくことができずにいた。そのような折、ある旅人風情のアラビア系男性四名がバシールを訪ねてきた　中東系のメディア、アルジャジーラの記者で、テレビ放送のために収録をしに来たのだという。しかしイングリッドはあの少年に、誰にも見せたことのない彼の「秘密の場所」に案内されていて外出中であったために、この来客については知らずにいた。「秘密の場所」とは、少年の母親が住んでいたという洞窟のことで、深く入り組んだ迷路を抜けると、洞窟の奥には、東洋的な佇まいの清楚《せいそ》な住居があった。そこには、茶の湯の炉《ろ》畳《だたみ》を模した掘り炬燵《ごたつ》をふくめ彼女が生きていた頃のままのすべてが残っていた。少年は自分の名前は、一生ムハメッドであると言った。少年の母親は日本から来た女性だと言う。ムハメッドは炭をおこして、その上に茶釜を据えると湯を沸かして、茶の湯の準備を始めた。

「こんな洞窟で、侘《わ》び寂《さ》びの茶の湯をアフガニスタン人から享受するなんて」

イングリッドは心の中で不可思議な気持ちになっていった。

「でも、ここには、この血で血を洗う戦闘の地にはなぜか、侘び寂びの静けさが裏腹に存在しているのだ」

彼女は少年が差し出した飴色の湯のみに注がれた緑色の美しい飲み物を頂いた。乾き切った洞窟の中に草原の香しい薫りが満ちていった。その薫りを胸一杯に吸ったイングリッドの心に、今まで味わったことのない、まるで宇宙の無限に導かれていくような感情が溢れていく。

「ムハメッド、これはお茶を飲むということではないのね。茶の湯という行為をすることで、心を宇宙に運んでいくことなのね」

「そう、母親が言っていたよ。……イングリッド……」

「何?」

「あなたは私の母親に似ている……。顔ではなくて、心が……。いなくて寂しいなんて一度も思ったことがないのに、あなたに出逢って母親を思い出してしまったんだ。ひとつお願いがあるんだけど……」

「ムハメッド、あなたは私を秘密の場所に案内してくれて、茶の湯まで施してくれた。私は自分にできる範囲のことであればあなたのお願いに応えるわ」

「僕を……僕を一度だけ抱きしめてほしい。僕は小さい時に失くしてしまった母親が恋しい。でも、このことは誰にも言わないで」

何も言わずに、イングリッドはムハメッドを抱きしめた。彼女はムハメッドが小さく慟哭《どうこく》しているように感じたが、何も言わず、ただ、彼が自ら離れるまで抱きしめ続けた。

やがて、二人は洞窟を出て、狭隘な峡谷を歩きながらキャンプに向かった。道すがらイングリッドがムハメッドに語りかけた。

「あなたの父親は」

「あなたが毎日話をしている人だよ」

ムハメッドは応えた。


キャンプに戻った二人は取材の準備をしているという四人の男たちを目にした。初めて訪れる場所で取材をする人間たちは通常、周囲の景色や環境、そしてそこに生きる人々の様子をつぶさに観察しながら取材の準備をしてゆく。しかしこの男たちは違った。彼らは周囲にもそこにいる人間たちへも興味を抱く様子を示さなかった。彼らはただ、些細な間違いがすべてを台無しにしてしまう緻密な業務に携わる者たち独特の何かの準備そのものへの極度な集中を示していた。イングリッドは彼らの一人と視線が交された瞬間に、彼らが暗殺者であることを見抜いた。彼女は有無を言わさず、袖の中に潜めていた短銃を取り出すと即時に二人を射殺、一人を追い立てて殺害した。しかし、残された一人の男は取材が始められる前に、バシールのいる部屋に窓のガラスを破って飛び込んだ。ダウンジャケットを脱ぎ捨てた男の背中から胸にはダイナマイトが着装されていた。男がベルトの上部から下がっている糸を引こうとすると、バシールの隣で父親からの話をじっと聞いていたムハメッドは事態を把握して即座に男に飛びついていった。その瞬間、大きな爆発音とともに部屋が吹き飛び、その部屋にあった大量の書籍が空に舞った。

その部屋は、かつて知の指導者が実務のない時間にこもっては読書をした部屋だった。イングリッドはその部屋に駆けつけるとムハメッドの亡骸を抱きしめた。もう、二度と「母のようだ」と言って甘えることのできなくなってしまった細い体を抱きしめながら、彼女は生まれて初めて涙を流した。イングリッドは自分の感情の制御が効かなくなってしまっていることを感じたが、今は、それに身を任せることしかできなかった。そして、彼女はムハメッドの亡骸をムジャヒディン・ハルクたちに委ねると、次に既に寝床に運ばれていたバシールの元に向かった。次第に力がなくなっていく息の中、バシールはイングリッドに途切れ途切れに話をし始めた。

「かつて日本人の友人が一人、ムジャヒディン・ハルクとして我々のキャンプに参加してくれた。その人は、私の同志として私の理想の実現に命を捧げたいと言ってくれた。私は聞いた、なぜ、遠いこの地の果てで命を失うことを良しとするのか、と。すると、その人は言った。自分の母なる国には敦盛《あつもり》という唄がある。その唄は、〝人間五十年、化天のうちを比ぶれば、夢幻の如くなり。一度生を受けて、滅せぬもののあるべきか〟というのだと彼女は言った。そしてその唄の如く生きることを迷いなく決心していると。その人の名前は〝じゅんこ〟といった。そう、〝じゅんこ〟は日本では女性の名前だ。彼女は、かつてフランスに留学していたそうで、流麗なフランス語で私と夜中まで、世界をより良くすることについて語り合ったものだ。彼女は言った。『世界を少しでも良くしたいならば、まずは、子供と女性を大切にすることだ』と」

「どこの国でも、どの土地でも、子供と女性を大切にしている人々の数が少なすぎる。子供と女性は今この時にも世界各地で虐待を受け続けている。私はそれを実際に止めさせる強い力と意志を兼ね備えている人に運命的に出逢った。それがあなただ。私はあなたについていく」

とイングリッドは応えた。

バシールは続けた。

「私はじゅんこを愛した。きっと彼女も私を愛してくれたと思う。そして、彼女も行ってしまった。南部同盟の軍とのあのトンネルを廻る戦いで、彼女は天に召されてしまった。彼女は最期に〝先に行っているわ〟と私に言ったのだよ……。それ以来、彼女の大切にしていた敦盛の唄を私は、座右の銘としてきた。私が、天に召されるその前にあなたに残したいのはこの言葉だ。それをどのように捉えるかは、あなたに委ねよう。あなたは、それをきっと、世の中の人々のために生かしてくれるだろうから……。それと、私の息子を大切にしてくれて有り難う。本当は、彼はこの地に私の遺志と共に残したかったのだが、残念ながら、一緒に旅立たなくてはならなくなってしまった。彼はあなたに感謝しているだろう。イングリッド、私はもう旅立たねばならない。ムハメッドと共に彼女のもとへ行かねばならないのだ。あなたと会えて良かった。きっと宇宙の永遠の流れが私たちを運命的に巡り合わせたのだろう。あなたにも天の恵みあれ」

「私の心の師バシール・ハリーリ。私には分かる。とてもよく分かる。〝じゅんこ〟の気持ちがよく分かる。私もあなたに辿り着くこの人生の道のりの中で、じゅんこの言った風景を見てきた。そしてたった今、あなたの最愛の子供が犠牲になるところも見た。それは確かに、世界の絶望に繋がる光景だった。あなたの言った通り、私は私の道を行く。そして、きっとそれほど遠くないいつの日か、あなたとムハメッド、そしてじゅんこに代わってある目的を達成したあと、私もあなたのもとへ向かうことになるだろう。私の心の師バシール・ハリーリ、その時までさようなら」

バシールが、イングリッドの言葉に応えるように、少し顎を動かしたかに思えた。そして、彼は、もう永遠に開けることのないであろう、その美しい目を、静かに閉じた。

ふたたび *Retrouvailles*

「少しゆっくりしよう」

イングリッドは、カブールの街を逍遙《しょうよう》した。

未舗装の乾燥した道路をトラックが土埃《つちぼこり》をたてながら走ってゆく。テントを重ねた集落のようにオリンピックの陸上競技場ほどの広さの一地域に小さな店が多く集合している市場の入り口に、軒先にぶら下がったかごの中に鳥を入れて売っている店がある。歩行者に見せるように道路に向かって斜めに下がる四角い木の箱に整然と並べられたトマトや玉葱《たまねぎ》をはじめとした野菜や果物を売る店はその横に軒を連ねている。二つの店の間の小径を入ってゆくと、その先には暗闇の迷路のような商店街が広がり、商店街には食料品から雑貨、香料まで、数多の店が建ち並んでいる。各々の店から出てくる光はぶら下がりのタングステンライトか緑に輝く蛍光灯だ。カブールの市場はアラビアの国々にあるスークに似ている。市場を通り過ぎてさらに歩いてゆくと、物売りが道端で乾燥した爬虫《はちゅう》類や見たことのない薬草といった不思議なものを売っている。大きな声で売り物を買えと話しかけてくる。そういった喧噪と混沌を抜け出すと、やがて埃が途絶えて舗装された道路となり、ビルの谷間に出る。ここにある背の高い建物には、かつて、世界の一流企業が事務所を構えていたのだろう。オフィス街を一通り歩くと、滞在しているインター・コンチネンタルホテルに戻った。シャワーを浴びて埃を落とすと、彼女は全裸の自分の姿を鏡に映し出した。

「傷だらけね」

多くの戦いを潜り抜けてきた身としては、立派に均整のとれた身体だが、普通の女性から見ると、やはり、イングリッドの身体は「傷だらけ」だ。髭を生やし再び喉にシリコンを埋めて喉仏をもつ男の顔と、傷だらけでもファッションモデルにも負けないほど美しい身体の不釣り合いが可笑しくて、イングリッドは微笑んだ。イングリッドは施設を出てからムハメッドに笑顔を見せたあの日まで笑ったことがなかった。

「今日は不思議な日ね」


バシール・ハリーリからの遺言を受けて、なお、イングリッドには自分がかつて所属し、今も正式には一員である組織を壊滅させるという任務を自分が受けることにいくばくかの抵抗感を払拭できずにいた。人間は生きている限りは不幸と幸福の輪廻を避けて通ることはできないだろう。しかし、不幸の連鎖が、国境や民族そして宗教が異なることを理由に続いていくことは誰かがどこかで何とかして止めなければならないのではないだろうか。自分はその一助となって命を全うしたい。そのために命を失うことになっても構わない。ただ、無駄に死ぬことはどうしても避けたい。自分が所属する組織には、ウーテやグレースといった強力な戦闘員がいる。アルフォンソもトールのスカウトだが、多分、戦闘能力はかなり高いだろう。そして、自分が戦闘訓練で未だ一度も勝ったことのないあの女性がいる。彼らと戦って、負けて命を失うようなことになっても、それが世の中の女性や子供たちの未来の幸せに繋がるのならば全く問題がない。だが、今回のミッションはそういう意味があるのだろうか、全く確信が持てない。イングリッドは、そう感じる自分の気持ちを改めることができないままでいた。

彼女はホテル内にあるプールに向かった。インドではパターニー・スーツと呼ばれるサルワール・カミーズを身に纏い長い黒い髭をたくわえたイングリッドは、一見、街のどこにでもいるアフガニスタン人の男に見えた。ホテルのプールサイドがカフェになっているので、彼女はカフェのテーブルのゆったりした椅子に座って、アフガニスタンのダリ語の新聞を読んだ。イングリッドが一通り新聞を読み終えてそれをテーブルの上に置くと、優しい微笑みをたたえた男性がカフェに入ってきた。その微笑みが、爽やかなそよ風のように、午後になって多少の疲れが出始めていたカフェの接客係の心を和らげて笑顔にする。男性の年齢は二十代後半に見える。金色の髪が降り注ぐ日の光に輝いていて眩しい。あのストックホルムの施設を出てから、彼女には彼と逢う機会は全くなかった、というか、たとえ逢う機会があったとしても、彼女は全力でそれを回避していただろう。なぜならば、彼が、イングリッドが人生の中で、その時は幼かったとはいえ、唯一、人間として、そして女性として心を許した男性だったからだ。危険な任務の下にある時に、このような人間的な感傷に影響される環境を周囲に持つことは極力避けなければならないからだ。しかし、いま、この彼女にとって地球の果てであるこの戦地、カブールに、実際に彼が座っていた。それも、彼女の隣の席に。見間違うはずがない。あの流れるような金色の柔らかい髪、しなやかな動作、そしてどこまでも深くて蒼い色の優しい目。そして彼は、昔のようにごく自然に包み込むように耳に優しいイントネーションのスウェーデン語で話しかけてきた。

「男装が似合うね」

「ステファン……」

「イングリッド、名前を覚えてくれていて嬉しいな。カライとボラニーバデンジャを食べたいけれども、独りでは寂しいなと思っていたところに君がいたってわけだよ。夕飯、付き合ってくれるよね」

「久し振りに逢った、というか、もしかしたら一生逢えなかったかもしれないのにこうして逢うことができたのよ。その第一声がカライとボラニーバデンジャを一緒に食べないかですって。でも、髭もじゃのアフガニスタン人の男とならば……」

「髭もじゃのアフガニスタン人の男への誘いならば……」

北欧の美しい男性の顔を見つめて、イングリッドは施設を出て以来、そして、今日二度目の笑顔で、それも悪戯っぽい笑顔で下から覗き込むようにステファンに応えた。

「ええ、もちろん」

「少し、歩こうか」

白のスラックスに濃紺のブレザーの上に黒のコーデュロイの外套を羽織った長身の金髪碧眼《へきがん》の欧州の男性と、黒い髭をはやしてグレイのグビチェを着こなした背の高い地元の男という組み合わせはいやでも人の目を魅くので、二人は意識して両方の道端を歩くようにした。夕日が地平線に触れた瞬間、大地と森と街が黄金色に染まった。

「輝く街って、昼よりも夜のほうが好きなの」

「夕方ではなくて、輝く夜？」

「夜を夕日が照らして夕方になるのよ」

イングリッドが目配せをした。

「本当だね」

一拍おいて返事をすると、ステファンは目配せを仕返した。

「僕は、この街が好きなんだ。施設にいた時にそこにあったタッシェンの写真集を手にしてアフガニスタンの美しい写真を見て、どうしてもここに来たくなったんだ。そして……」

イングリッドが男装のまま、女性的に顎を上げて首を傾げて彼を見つめた。

「なぜだか分からないけれども、君に逢えると思った……」

ステファンは、そう言うと、地平線を見つめた。

地平線の下に夕日は沈み、今は、夜の帳が蒼く街を覆おうとしていた。

街の店々の蛍光灯の緑色の灯りが家々の白い壁を照らしていた。

イングリッドは、かつて施設の先生たちが口にしていた「幸せ」という言葉、これまで決して経験することもなく期待もしていなかったその言葉の意味する所が、今、不意に自分に訪れていることに気付いた。

そして、それが永遠に続くものではないことも、彼女には本能的に分かっていた。ラッキータウンという名前のレストランに到着して、緑溢れる外の景色が今やシルエットになって見える窓際の席に案内されて落ち着いた。無防備にステファンのどこまでも透き通った透明なブルーの目をじっと見つめると彼女はやにわに、

「今を楽しむことにする」

と微笑んだ。

突然出てきた彼女の台詞《せりふ》を期待していたかのように、ステファンは言った。

「アフガニスタンからイランを抜けてアルメニアからグルジア経由でトルコに行かないか？」

イングリッドは笑顔で応えた。

二人はその日のうちにカブールを抜け出して、隣国のイランに飛行機で向かいテヘランに一泊した。そこからタブリズ経由でエレヴァン行きのバスに乗って陸路アルメニアに入り、アルメニ

アからグルジアのトビリシを経てトルコのイスタンブールに出る旅程だったが、二人はアルメニアで少し観光をしていくことにした。長いバスの旅の中で、彼は、この地に来た自分の任務については何も語らなかった。彼女も彼に男装の理由やアフガニスタンに滞在していた訳について何も彼に伝えなかった。彼らはお互いにそういった仕事に関わりがありそうな事情を聞き出すことはなかった。そのほうがお互いにとって、多分良いと感じたからだった。

アルメニアの首都エレヴァンに入る前に、二人は、ヴァガルシャバト、別名エチミアジンと呼ばれるアルメニア正教の聖地に立ち寄った。世界史で初めてキリスト教を国教としたアルメニアの、千七百年以上前に建立されたエチミアジン大聖堂は世界最古のキリスト教教会である。ドーム型建築様式がヨーロッパ各地に広まるずっと以前に、この地に建てられた飾り気のないがどこか精神性に溢れ荘厳な空気をもつこの聖堂の中で、不意に、イングリッドはステファンと離ればなれになった。彼女が再び身を現すのを教会の中を独り歩きながら三十分ほど待っていたステファンは、突然、また彼女と離別してしまうのではないかと不安になり、イングリッドを探し始めた。すると、壁際に設えられた司祭たちのための部屋の一番奥の陰から、見慣れた金色ではないが、栗色の髪を揺らせた少し冷たいがクリスタルのような輝きの印象を与える、北欧の女性が彼に向かって歩いてきた。

「ステファン」

彼は応えた。

「この瞬間を、どれだけ長いこと待ち望んできたことか……」
二人は教会の中でかたく抱擁し、口づけをした。

ステファンは、越境をする時に国境で旅券審査をされる度に、単なる偶然か、離れた場所で検査を受けたので、彼女の旅券に記載された偽名等について全く見ることなくトルコ国境に到着することとなった。グルジアからイスタンブールに入る時のために用意したイングリッドの偽造パスポートは、彼女が作った数多くの旅行証の中でも最も出来が良いものであった。そして、それは、それまでの四つの国で彼女が〝彼〟であり続けてきたのに反して、初めて〝彼女〟になっているものであった。イングリッドはこのことをステファンに伝えずにおいた。アルメニアからグルジアに至るまで、危険を回避するためにも、イングリッドは男装の姿に戻り二人は二人の男として、別々の部屋に宿泊していた。アルメニアからグルジアを迂回《うかい》して、トビリシからバスに乗って丸一日をかけてトルコの国境を越えてイスタンブールに入ると、彼女とステファンは、チュラーンパレスというホテルに、今度は、二人同じ部屋にチェックインをした。

チュラーン宮殿は十九世紀半ばにアルメニア人建築家ニコオス・バルヤンとその子サルキス・バルヤン、ハコプ・バルヤンが、施主であるオスマン帝国の第三十二代皇帝アブデュルアズィズによる注文を受けて建立、一八七二年に完成した。しかし、三十八年後の一九一〇年に屋根裏から出火して廃墟と化した。時は経ち、一九八七年に日本の会社がこの廃墟を買い取り、ホテル機能を加えて大規模な修復を行い、一九八九年、ついに、チュラーン宮殿は八十年ぶりに世界最高級のチュラーンパレス・ホテルとして蘇った。ホテルに到着して服を着替えると、二人は、トゥーラレストランの王宮のような円筒の大きな柱の立ち並ぶテラスに設えられた海側のテーブルに座った。イングリッドは栗色に染めていた髪を、ステファンが見慣れた、あの輝く金色に戻していた。その向こうにアジアとヨーロッパを繋げる海を背景にして、イングリッドとステファンの存在は遠くから見ると、映画の一シーンから抜け出てきた俳優たちのように輝いていた。

トゥーラレストランの海側の席は、チュラーン・パレス・ケンピンスキー・ホテルで、近代イスラム建築の代表である荘厳なオスマン建築の中から、壮大な海峡を臨むことのできる場所だ。この偉大な建築物のこちらに欧州そして向こう側にオリエントを挟む壮大なボスポラス海峡を目にしながら、腕のついた真鍮《しんちゅう》の沸かし器で丁寧に作られたトルココーヒーを片手に、もう片方の手でピスタッチオと砂糖の粉末をまぶしてブロック状にして割ったハルヴァという菓子を持ちながらステファンはイングリッドに口づけをした。彼は一度唇を離すと、菓子とコーヒーを口に含み、もう一度彼女と唇を合わせた。最初は戸惑っていたイングリッドは、それを受け入れると、もう彼女の中から沸き上がってくる感情を止めることをやめた。どうしようもなかった。起伏の少ない彼女の女性としての男性に対する感情の導火線に火をつけることのできる、世界でたった一人の男と再会してしまったのだ。会うことのなかった十二年にわたる空白の時間について詮索することは全くしないまま、二人は、ひたすら戯れて、全身を溶鉱炉のように熱くする愛を交わし合う時を共にした。

イングリッドは、これまで、これほど一人の女性として心を許した人間と時を共にしたことはなかった。彼女は、それまでの人生の疲れが一度に出てしまったように感じ、ステファンの腕の中で深くて長い眠りに陥った。ステファンも暫く共に浅い眠りに落ちた。しかし、彼は真夜中に目を覚ますと、熟睡しているイングリッドから優しく腕枕を外して、彼女の柔らかい首筋と髪の毛に口づけをすると部屋を離れた。彼は、外に出て、フロントロビーの前にあるラウンジの、周りに誰も座っていないソファに座ると、携帯電話を手に取り、三十分ほど会話をして、また、部屋に戻りベッドに静かに滑り込んだ。彼は、もう一度、イングリッドの柔らかいプラチナ色の長い髪に口づけをすると、夢の中に向かった。

施設を出てから、ステファンは時計を扱うマイスターとして技術修練の免許を取得して、パテクフィリプで働き始めた。この世界で一番由緒のある時計屋に勤めている時に、彼の手の器用さが飛び抜けていたことから上司からの紹介で、彼は、スウェーデンの陸軍の爆弾処理チームにスカウトされた。軍隊では、非常に高度な技術を買われて、時を置かずしてステファンは、爆弾処理のチーフに任命された。この任命には「厳格な守秘義務」が定められており、このために、彼はイングリッドに自分のアフガニスタンに於ける任務を話すことができずにいた。彼の任務は、カブールでNATOへの爆弾テロの予告があったことを受けて、特殊部隊の一員として発見された爆発物の処理に向かうことであった。彼は、無事、爆発物の完全処理を済ませたところで、本当に偶然、イングリッドと再会した。ステファンは、プールサイドカフェに足を踏み入れた瞬間に、何か身体の中心に響くような本能的で全身的に広がる慶びを感じた。

「まさか……」

彼には、男装していようが、髭を蓄えていようが、髪の毛が黒く染まっていようが関係なく、本能で感じることのできる運命的な存在の空気を、その、サルワール・カミーズを身に纏った男から即座に触感として受けたのだった。アフガニスタンでの任務を命じられた夜、彼はイングリッドに逢う夢を見た。翌朝起きた時に「なぜ、アフガニスタンで……」と自問し、「あり得ない……」と苦笑した。しかし、今、ここで夢が正夢に変わった。それもこれまでの人生で一番感動的な出来事だった。この言葉で表現できない触感を「運命」と直感的にとらえたステファンは、感じるままの行動をとる覚悟を決めていた。

「男装が似合うね」

無意識に出てきたこの自分の言葉尻に、溢れ出る愛情をこの女性に捧げるという切ないけれども熱い感情が高まってくることをステファンには防ぐことができなかった。そして、彼が誘ったその後のイングリッドとの旅行は、本来、彼が任務を終了したあとに計画していた一人旅であり、元々の休暇の予定に連れ合いができたということだった。

イスタンブールで彼にかかってきた電話は、軍からの緊急出動の電話だった。電話では、軍上層部より、北キプロスからイスタンブールに潜入したと思われる、非常に強力なテロリストが大きなテロを企てていることと、そのテロを未然に防ぐために、爆弾処理の協力を要請された。ステファンは悩むこととなった。

「何とか、イングリッドとの結婚式を終えてからにならないものか」

ステファンは、アルメニアの教会でイングリッドが彼から彼女になったのを見た瞬間に、イングリッドにこの旅行で求婚しようと心に決めていたのだった。

翌日、二人は早朝にイスタンブール空港より空路、カッパドキアに小旅行に出た。

カッパドキアは、アケメネス朝ペルシャのキュロス二世の子孫を名乗ったアリアラテス一世によって独立国として紀元前三五〇年に建国された。その後、ローマ帝国、東ローマ帝国、セルジューク朝、オスマン朝の支配を受け、現在はトルコ共和国の領内の一地域となっている。二人は、ギョレメ国立公園の中にある妖精の煙突と呼ばれる奇岩群を三百六十度見渡せる場所に立った。そこから移動して、かつて異教徒たちに蹂躙《じゅうりん》された歴史から宗教生活を守るために作られた八層からなる地下都市カイマクルに足を踏み入れた。地下は八つの階に分かれており、教会、住居、食料貯蔵庫、食堂、ワイン倉庫、家畜の場所、といったように区切られている。

「誰かから傷つけられたり、脅されたり、殺されたりする世の中は、これからもずっと続くのかしら」

イングリッドの横顔が、夕陽に照らされて黄金色に輝いている。

「人間が何かを得るために、他人の何かを略奪するか、盗むかして奪い取る代わりに、共有したり分かち合ったりできる世の中になってほしい」

しかし黄金色の光は、やがて彼女の顔を影で覆ってゆく。

「でも世の中には、何かを生み出すことのできる能力のある人間が少なすぎて、生み出すことのできない他の人間はそれを奪うという宿命に甘んじることしかできないのかもしれない」

すっかり影に覆われた彼女の横顔を、今度は、月が輝かせ始める。

「何かを生み出すことのできる能力のある人たちは、生み出したものを半分でも良いから分け与えるべきだと思う。なぜ、宇宙衛星を個人所有し、古代王朝の皇帝たちの宮殿の庭園のような広大な土地で、昔ながらの使用人に洗濯や掃除、炊事や食器洗い、庭作りをさせて贅沢な生活をしながら、乞食が道端で死んでいくのを平気で無視できるのか。もし、彼らが財産の半分でも貧しい人々、病気で困っている人々に分け与えたら、これほどの紛争が世界各地で起きることを防ぐ一助になるのに」

彼女の、整った顔の輪郭が、光でキラキラと揺れて見える。きっと神様も同じ考えなのだろうか。ステファンがそう感じるほどイングリッドは神々しい姿を浮かび上がらせていた。

「今、私たちにできることは、世の中がそういった方向に向かうために、ほんの少しでも、自分にできる、何らかのかたちで貢献すること」

彼女は、独り言というよりは、自分に言い聞かせるように話している様子だった。突然、ステファンは彼女を見失って、また孤独の日々を送ることになるのではないかという不安にかられ、イングリッドの肩に優しく手をかけた。イングリッドはそこにそれがあることが奇跡でもあるように、目を大きく開いてステファンの顔を眺め、やがて安らかな表情になると、彼の胸に顔を埋めた。

「でも、今の私には、あなたがいる」

二人はさらに足を進めて、岩窟教会に到着した。既に開館時間は終了していた。二人は扉が開いたままの入り口から、タングステン灯にぼんやりと照らされた、色あせてしまっているが未だ彩り豊かな壁と天井に描かれたフレスコ画を眺めていた。イングリッドとステファンはかつてこの地にキリスト教を広めたカッパドキア三教父の大ワシリイ（ヴァシリオス）、神学者グリゴリイ（グリゴリオス）、ニッサの主教聖グリゴリイ（グリゴリオス）たちの在りし日の勇姿を心に浮かべた。その日二人は、ケーブ・スイートと呼ばれる岩の中に掘られた宿泊施設の一室に一泊した。この部屋は三〇一号室と呼ばれ、部屋の中に寝室と広いリビングが分かれていて、その二つの部屋を岩の壁に囲まれた階段が結んでいる。ステファンはシャワーを浴びて、イングリッドはその後で浴槽に浸かった。イングリッドが身支度を整えて裸身にバスローブを着て浴室から出てくると、ステファンがリビングのソファで寝息を立てていた。暖炉の揺れる灯が彼の美しい顔を照らしている。彼女は、彼の横に座ると、金色の髪を指で優しくとかした。そして彼に口づけをすると、彼のバスローブをそっと開いて、まるでローマの皇帝カエサルの塑像のように均整のとれた彼の身体を余すところなく愛撫《あいぶ》した。ステファンは彼女に愛撫される悦びに声を出した。そして、彼女は固くなった彼の上に淑やかに座ると、二人はゆっくりと結ばれた。暖炉の灯がイングリッドとステファンに柔らかい光を与え、白い石でできた壁に流麗な影を映し出した。

＊

朝になり再びイスタンブールに戻ると、二人は街を逍遥した。イングリッドはステファンの腕に手をかけて肩に顔を寄せて歩いた。ふらりと立ち寄ったスークには客を呼び入れる店々の人々の声が響き渡っていた。市場には、目玉を象った蒼色のガラス細工、ホテルのバスルームで見た壁のタイルのような、蔦や花を描いた絵柄の大小さまざまな皿や壺、銅板を金槌《かなづち》で叩いて花模様で飾った食器類、ロクムやバクラヴァと呼ばれる色とりどりの菓子類がまるで宝石店の窓に飾られた宝石のように並んでいる。

「あの蒼いガラス細工は何なのかしら」

イングリッドが青いガラスの真ん中に人の目のような白目と黒目をデザインした飾りを指差してステファンに聞く。

「あれは、赤子が生まれた時に、子宝に恵まれなかった人の嫉妬や憎悪から赤ん坊を守るための魔除けなんだ」

「じゃあ、子供に恵まれない人には関係のないものなのね……」

「たとえば……」

ステファンが言葉を言いかけて、また黙ってしまった。

「たとえば？」

イングリッドはステファンの言葉の続きを促した。

「たとえば、僕たち二人が結婚して、子供を作るなどということは夢なのかな」

イングリッドは、少し首を傾げて、そして暫く沈黙して歩いた。二人はやがてスークを出ると海沿いの道に出た。海沿いの道に出る手前にあった店でトルココーヒーを一袋買って、さらに、小さな店で売っていたハルヴァと呼ばれる炒った小麦粉と砂糖を胡麻油で固めた大きな板を鉈《なた》で割った菓子をそれに加えた。あの、ホテルで口にした菓子で違う種類のハルヴァだ。

新聞紙の袋に包まれた菓子とコーヒーを手にしたステファンはイングリッドにウィンクをして、さらに続けた。

「十七世紀の中頃にはハンマームの数は一万五千に迫る数だったそうだよ。一万五千のビザンティン様式の建築物が軒を連ねるイスタンブールの街を毎日トプカプ宮殿から見下ろした当時の人々は、絶景を当然のように享受していたのだね」

その言葉が終わらぬうちに二人の目の前に大きなハンマームがそびえ立っているのに目を奪われた。ステファンが言った。

「二人で入って、出口の外にあるカフェで待ち合わせないか?」

二時間程するとイングリッドは女性用ハンマームから先に出てきた。ハンマームの中は二つの大きな部分に仕切られていた。一つは建物と同じ円形の壁に設えられた五階建ての各々の廊下に十室の着替えや荷物を置くための部屋がある宿部屋。合わせて五十の部屋が五つの回廊に円形に並ぶ姿を下から眺めると、観る者の目を圧倒する威厳があった。そして、もう一つは床も壁の天井も唐草と様々な花を描いたタイルに覆われていて、天井の中心が尖塔になっているまさにビザンティン建築の浴場だった。天井の尖塔の真下にはこれもタイルに覆われた円形の浴台があり、そこに仰向けに寝るように言われる。天井からぽたりぽたりと湯気が雫《しずく》になって身体や顔の上に落ちてくる。暫くすると女性のマッサージ師が現れてマッサージをしてお湯で汗を流すということを数回繰り返す。一時間程それを繰り返すと、また、宿部屋に戻り着替えて、出口で受付係に心付けを渡して出る。

マッサージが終わった時に、マッサージ師の四十代の女性に声をかけられた。

「まるで戦闘員のような身体ね……。筋肉と傷で体全体が覆われている」

「私は、その戦闘員なのよ」

マッサージ師は笑って良いのか、いけないのか迷った表情でイングリッドを見送った。

「ステファンも私の身体を目にしたのに、一言もそれについて触れてこなかった……」

イングリッドの心の中に一抹の不安が過った。


イングリッドがカフェで絞り立ての濃いオレンジジュースを飲んでいると、出口から輝くような笑顔を湛えた男性がこちらに向かって歩いてきた。

「まず、入っていくと宿部屋の最上階に連れていかれて身ぐるみ剝がされたんだ。そこから、タオル一枚を引っかけて裸のまま隣の浴場に行くと、真ん中に設えたタイルに花柄の模様を描いた円形の台に仰向けに寝かされたよ。見上げると遥か上に見えるドーム型の天井から顔の上にポタポタと雫が垂れてきて、やはり帰ろうかなと思い始めると、プロレスラーのような身体をした男が挨拶に来た。彼は寝ている僕を壁際に連れていくと、蛇口から桶に汲んだお湯を、何を考えているのか、いきなり頭からかけたんだ。ドブネズミみたいな姿になった僕を、彼は、今度はマッサージをすると言いながら腕や首をもぎ取ろうとし始めたんだよ。ボキボキと骨の折れるような音がして、僕がやめてくれと叫ぶとプロレスラーは笑いながら、もうすぐ終わる、と一言口にしたんだ。しかも終わったあとに、チップを弾んでね、とウィンクまでおまけをしてくれたよ」

トルコ風呂に入って酷い目に遭った自分の経験を面白可笑しく言葉巧みに話しながらおどけるステファンに、イングリッドから自然と心の底からの笑いが出てきた。こんなに弾けて笑ったのは人生で初めてじゃないかしら。彼女はそう思った。そして、イングリッドは笑いが止まらなくなってしまうと、今度は彼女の目から涙が溢れ出てきた。

「次の瞬間にこの幸せが消えてしまったとしても、あなたと逢えたことを神様に感謝したい」

そう言いながら、イングリッドはステファンの胸の中で泣いた。ステファンはイングリッドの背中を優しく、そして繰り返し撫《な》でた。


二人はトプカプ宮殿に歩いていった。既に夕闇が迫ってきており、観光名所のトプカプ宮殿は閉館となっていたが、中にあるレストランは開いていた。ステファンが予約してくれていたトプカプ宮殿の海峡を見下ろす崖にある店のテラスから、二人は、壮大なボスポラス海峡を見下ろした。今日は満月だった。満月の目映い光が黒い海の上に銀色の一筋になって投げかけられてさざ波に揺れている。

「ツワモノどもが夢の跡“Remains of warriors' dreams”ってこのことね……」

「強者も弱者もすべて、今が過去になり、過去が古になって、やがて彼らを引き継いでいく人々の心の中の伝説になっていくのさ」

「そうならずに、忘れ去られていく人々のほうが多いわ。でも、忘れ去られても後世に人の幸せに繋がる何かを残していければ、私は、それで幸せ」

「君はさっきから、今すぐ死んでしまうようなことを言っているよ。イングリッド、僕は、神様は我々に生きるために命をくれたのだと思うんだ。死ぬために命を与えられたのではないと僕は考えている。だから、明日の話をしないか。明日は、君と僕はどうなっているのだろう。僕は君のことをずっと愛し続けてきた。一度たりとも、他の女性を愛したことがないんだ。短期的に付き合う人はいても、最後に一緒になるのは君だけだと、そう思ってきた。君への愛でひと時も気持ちが揺れたことはなかった」

「ステファン、今、最後にって言ったわね。今日で終わりじゃなくて、未来を語るのじゃなかったかな」

「あっ、言ったな。今度はしてやられてしまった」

彼は頭をかきながら続けた。

「でも、してやられたのに何か嬉しいぞ。僕は、嬉しい気持ちになった時は何か心の奥底で感じたことを言葉にすることにしているんだ」

「言葉にして」

イングリッドがステファンを見つめながら言った。

ステファンの上に月の光の銀色の筋が降りてきた。今、彼の顔はキラキラと輝いていた。イングリッドは彼の言葉を待った。

ステファンは、一言一言を確認するかのように言葉にした。

「君のことを愛している。そして君のことを失いたくない。神様はやっと君と僕を再会させてくれた。これを運命と呼ばなくて、何を運命と呼ぶのだろうか……。君とずっと一緒にいたい。この命が尽き果てるまで、君と人生を共にしたい」

イングリッドは、ステファンの輝く顔を見続けている。

ステファンは絞り出すように口にした。

「結婚してほしい」

「子供に恵まれても良いかしら」

「二人の子供は美しいぞ」

「美しくても、そうでなくても、私は必ずその子供を愛するわ。だってあなたと私の間に生まれる子供だもの」

ステファンからの求婚を、イングリッドは輝くような笑顔で受け入れた。

ステファンは続けた。

「実は君に言うことのできない任務がある。それをイスタンブールで果たさなければならない。二日だけ仕事をする時間をくれないか。戻ってきたらストックホルムの教会で結婚式をしたい。そしてすべてを話すことはできないが、私の仕事についても君に話をしたい。そう思っている」

「私、貴方が戻ってくるのを待つことにする」

イングリッドが間髪を置かずに応えた。

グレース　*Grace*

グレースは走った。どこまでも、命尽き果てるまで走りたいと思った。そして彼女はそうした。涙一つ出てこなかった。グレースは、ただただ走り続けた。国境の国連軍のキャンプに到着しても彼女は走り続けてキャンプの敷地を通り過ぎてしまった。国境を管理していたセネガルの国境警備兵が走り去る彼女に気付き、国連軍の兵士と共同で彼女を捕まえた。彼等は走り去る時に顔が全く分からないほどの速度で走る彼女に追いつくことができないまま、敵を捕獲するために常備している漁猟用のネットを砲口から撃つネットガンで彼女を搦《から》め捕って捕獲した。彼女の常軌を逸した走り方とその表情を失った顔を目にして、実は、そうでもしないと彼女が止まらないことを兵士たちが直に理解したからだった。捕まった瞬間に突然滝のように涙が流れ出てきた彼女の目は、前を向いているというよりは上を見ていた。彼女の上には蒼く透明な大空が広がりその空を斜めに走る純白の雲たちがまるで宇宙に彼女を誘っているようだった。グレースはただただ雲に向かって走っていた。そしてその走り方が、普通の人生では絶対に起きないことが目の前に起きて、人間としての理性を失ってしまい、苦しい生よりもそこから逃れることのできる死に向かう走り方であることを、何年も国境に立ってきた兵士たちは直に理解したのだった。しかもグレースの走り方が、オリンピックの陸上競技に出場しても十分決勝に進むことができるのではないかと思わせる程、流麗で迅速な動きであったことも彼等の興味を引いた。

彼女は難民として登録されて国連軍に保護された。そこで、女性兵士たちに預けられたグレースは時間をかけながら、次第に自分の身の上に起きたことを理解し、受け入れるようになっていった。誰に質問をされても彼女の身の上に何が起きたのかを決して話すことのなかったグレースは、限られた時間ではあったが、キャンプでインターネットを使うことを許された。そこで、彼女はフェイスブックに登録し、彼女が母親に肌身離さず持っているように言われた五枚の写真を使って自分のページを作った。写真はグレースの母のエレンが、想い出のアルバムを作るために彼女を一張羅の服で着飾らせてわざわざ写真家に発注して撮ったものだった。

「誰かと、誰か会ったこともない全く知らない人と話をしたい」

そう思った彼女がこの写真を掲載すると、たちまち様々な国からたくさんの友達申請があって、一か月もしないうちに千人を超えるフェイスブック上の友達ができた。しかし、彼女はやがて彼等の多くが、綺麗な若い女性とたくさん繋がることを主目的にしただけの男や、具体的な場所と時間を示してそこで出逢うことを誘ってくる身元不明の男性、そういった誘いを断ったり投稿したり共有する写真へのコメントに返信しないと居丈高に脅迫してくる男たちが多かった。リベリアで自分と両親を襲った事件の首謀者たちとさほど変わらないような種類の男たちであることが次第に分かってきた。本来前向きな考え方をするように教育されてきたグレースは、

「世の中には悪もあれば、必ず善もある」

そう自分に言い聞かせて、ＳＮＳを続けた。


ある時、彼女はアルフォンソと繋がった。彼の誘い文句は、

「私はＳＮＳを通じて世界各地に友達のネットワークを広げようと思っています。私の友人があなたのキャンプにいて、あなたのことを話してくれました。宜しければ私のその友人とお話をしてください」

という不思議なものであった。

彼女はアルフォンソのＳＮＳのホームページを閲覧した。そこには美しい写真と世界各地の社会的な矛盾を取り上げた様々な記事が掲載されていた。グレースは直感的に思った。

「どうせいつか死ぬこの身ならば、この人と世の中を少しでも良くするために何かを一緒にしてみるということもあるのかもしれない」

アルフォンソが私の友人と表現したキャンプの女性兵士の名前はウーテといった。二十代後半に見える彼女の本当の年齢は驚くことに二十歳と、グレースと四歳しか違わないということだった。彼女によるとウーテはパスポートでは二十八歳となっていてその年齢でキャンプの兵士とし

て受け入れられているとのことだった。ヨーロッパの女性はアフリカの女性よりは年上に見えるとは聞いていたが、実年齢よりも八歳上の大人として受け入れられるなどということが可能なのだろうか。

「一体、そんなことって可能なことなのかしら」

グレースに疑念が過ったが、彼女からアルフォンソからの伝言を聞かされたあと、その疑念を根本から捨て去る決意ができた。

「あなたの命を、世の中を暴力から救い出すために捧げませんか。この世の中には悪がいて、その悪が善を破壊することに悦びを見出しています。その悪、つまり暴力をなくすためには、時には行動で対抗しなければならないこともあります。悪を根本的になくすためには、教育、環境に加えて、言論では太刀《たち》打ちできない程の悪に対する鉄槌《てっつい》を下すことも選択肢に入ります。若い男女が通常の人間には理解不能な理由で殺されて、若い男が恐怖で脅されながら更なる暴力の連鎖に組み込まれてゆく。それを支えるために若い女性は性奴隷にされてゆく。一方では、金持ちが果てしなく金を生み出すために社会的に弱きものから搾取してゆく。大きな街に行くとそこには不必要な程の規模の土地をごくわずかの人数の家族が私有し運転手付きの高級車を乗り回して毎晩とんでもない値段の食事や飲み物を消費してゆく持つ者の生活と、気温が零下十度を超えた路上でひもじい思いをして死んでゆく持たない者の生活が同居しているのが現実です。持つ者が一日に消費するお金で持たない者が一か月暮らしてゆけるというのに、持つ者は持たない者に一切関心を向けない社会があります。世界に広がるこういった社会的な矛盾はどの国が良いとか、どの国が悪いといった普遍化された考え方では解決しないのです。良い者を見つけて保護者になって支えになり、悪い者が見つかったら可能ならば彼等の考え方を善に向けて、難しければ駆除することしか方法はないのです。我々はこうやって世の中を少しでも明るくしてゆきたい。とは言っても、我々の限られた人数と資産ではできることは限られているでしょう。しかし何かできるはずの人が何もしないことこそ諸悪の根源なのだと思いませんか。ブログで政府の政策や世の中の現実を批判している人間は実際には何も具体的に提案できないまま行動もせず、書かれていることや決断されたことそして実行されたことの矛盾点を見出して批判して満足しているだけの無価値な人たちなのです。彼等が生きていても何も良いことは起きないし、彼等が死んでも何も変わらない。グレース、あなたはこんな人間になりたいのかしら。家族と住む場所を突然失ってしまったあなたならば分かると思ってこんなお話をさせて頂いています。どうか、我々の仲間になることを真剣に考えてください。私たちはあなたを必要としているの」

「私たちはあなたを必要としているの」

この言葉は、何日も雨が降らずに灼熱の太陽に晒されてきた砂漠のようだったグレースの心に慈悲の雨を降らせ、生きることへの希望を与えた。

日曜日、グレースはウーテに連れられて、市場に出かけることになった。ダカールの街にはいくつもの市場がある。その中で最も大きなティレン市場には買い物客が溢れている。市場は道に沿って立ち並ぶ二階建ての建物を起点として広がっていて、一階は道路まで二階も廊下にまで売られている品々が溢れるように広げられている。人々の行き交う騒音やあちらこちらで交わされる会話で市場は活気に満ちている。二人が次に向かったHML市場では虹色の染色という以上の表現がないようなコットン素材の布パーニュが積み上げられている。

「とても綺麗」

そう言葉にするグレースを見るウーテの顔に笑みが浮かんだ。市場には野菜果物を売る人たち、美味しそうな肉を売る一角ではその上を風で旋回する扇風機が蠅《はえ》を追い払っている。声を上げる売り子たち、笑顔で話しかけてくる女性たち、これだけ内紛や戦争が蔓延《はびこ》っている中、人々の生命力というものはこんなに輝いているものなのか。グレースは不思議に思った。暫く歩くと、ウーテは市場の外れの喫茶店にグレースを誘った。壁のない店の背のないベンチに座った二人は、しぼりたての柑橘《かんきつ》類のジュースを、氷を入れずに飲んだ。グレースはかつて週末に買い物を終えると父と母と通ったカフェのことを思い出していた。あの時はいつもファンタオレンジを頼んだ。グレースはそれが大好物だった。あのオレンジ色には他の飲み物にはない飲みたい気持ちをかき立てる何かがあった。

「『遠慮しないでなんでも飲みたいものを頼みなさい』いつも買い物の帰りに行くカフェでお母さんが言ったの。お父さんはいつも笑顔で優しく頭を撫でてくれた。大きくて暖かかったお父さんの手」

そう言うとグレースはまた沈黙した。

ウーテは何も質問せず、ただ、黙ってグレースを見つめていた。

暫くするとまたグレースが話を始めた。

「ウーテはここによく来るの？」

「集中力を求められる仕事だから、たまに息抜きが必要なのよ」

彼女はグレースにウィンクした。

「ドイツの市場のように衛生状況の管理が整っているとは言えないかもしれないけれど、ここには何か私の国にはない活気がある。秩序と管理に慣れた私たちから見ると自由気ままって素敵なことに思えることもある」

グレースの目が優しく変わってゆくことがウーテには分かった。

「あなたには恋人はいるの？」

グレースからの突然の質問にウーテは一瞬ひるんだが、気を取り直して答えた。

「いたんだけれど、他の女性を好きになってしまって。そのことを知った私が三行半《みくだりはん》を下したの」

少し舌を出したウーテにグレースが微笑んだ。

「好きなタイプは？」

「誠実な人」

グレースがまた沈黙した。ウーテはずっと彼女を見つめ続ける。

「運命の糸って信じる?」

少しだけウーテが頷いた。

「人は生まれた時に、誰と結ばれるか決まっているって、母が言っていた。私は小さい時からその糸がきっと素敵な男性と自分を結びつけてくれるって、そう思って楽しみにしていたの」

ウーテは柔らかい笑顔でグレースを見つめ続けた。

また暫く沈黙が続いた。

「ある日、」

言葉に詰まったグレースにウーテが声をかけた。

「無理をしなくて良いのよ、グレース。また、気が向いたら話して」

グレースは勇気を振り絞ったように続けた。

「ある日……ある夜のこと、それは起きたの。両親が経営していた鉱山で経営方針を巡っていつも口論していた叔父と、その日の夕食を一緒にして、叔父は気持ちよく帰っていったように見えたの。『見たか、話せば分かるって言っただろう』って言う父に母親が曖昧な笑顔で応じていたことを思い出す。父は従業員たちの給与を上げて叔父を含めた自分たち経営者の給与を据え置きにしたいって言っていて、叔父がプールのある家を作ったり、娘たちに海外で高等教育を受けた

りさせるために お金が必要だって言って話し合っていた。でも叔父が『分かった、理解したよ。納得した』と言って夕食が終わったの。その日の夜中、二時頃だったと思う。大きな銃声と叫び声がしたと思うと何人かの人たちが家の扉を銃で撃って壊して家の中に乗り込んできた。私は怖くて瞬間的に食料庫がある地下室に逃げ込んで、冷蔵庫の中に隠れた。大きな声がしたのだけれど銃声がするとそれも静かになった。地下に降りてきた人たちが地下にある貯蔵箪笥《だんす》の扉をすべて開けて、それからまた一階に上がっていった。『娘がいないぞ。娘を見つけろ』そう男たちが言っているのが聞こえた。私は震えながらじっとしていたの。そして暫くすると彼らが出ていったことが分かった。ちょっと時間を置いて、冷蔵庫の中が余りに寒いのでミルクボトルの底を扉に当てて足で押したら扉が開いた。一階に上がって両親の寝室に行くと、父も母も血まみれになって倒れていた。そこからは何が何だか分からなくなって、私は走り出したの。家から表に出て庭を突っ切ってゲート口まで走るとそこにはいつも笑顔で挨拶をしてくれた二人の警備員のおじさんたちが倒れていた。私は街に向かって意識が飛ぶほど必死に走った。そうしたら後ろから一台のジープが追いかけてきて私に追いつき、道を塞いだの。そして大きな男の人が降りてきて私を摑み上げると銃を突きつけた。私はその時ブルブルと震えていて何もしゃべれなくてただただくさんの涙を流していたと思う。そうしたら、男は私を車に乗せると長いドライブを始めた。シエラレオネを過ぎてギニアの国境を超えてセネガルの手前まで一日中運転をしたあと男は私に言ったの。『私にはできない……。君の両親を殺したのは君の親戚であり叔父のグスタフだ。逃げなさい。彼には君に生きていてもらっては困る理由があるのだ。君が生きている限り、君の両親を殺しても彼等の財産は君の物になってしまうからね。この道を国境まで走れば国連軍がキャンプを運営している。きっと英語で状況を説明できる君を受け入れてくれるだろう』って。そこから私は走ったの。自分を襲った恐ろしい運命が二度と自分を追い越すことがないようにって、青い空と白い雲そして輝く太陽に向かってこの命が尽き果てるまでってただ走り続けたの」

一気に話をするとグレースは、

「ビールを飲んでも良い？」

とウーテに聞いた。ウーテは返事をせずにビールを二つ注文した。缶ビールの蓋を開けてグラスに入れた狐《きつね》色のビールを一気に飲むと、グレースは立ち上がりウーテの横に座った。そして彼女にもたれかかった。

「少し楽になった……」

背中をさするウーテの胸でグレースは泣いた。グレースは翌日から、アルフォンソのいるキャンプに移動して、その組織に加わった。新しい生活が始まった。

グレースの仕事はマルチプル・トリックと呼ばれる、一筋縄では行かない複雑な仕かけの組み込まれた爆発物の設定であった。彼女は組織に加わって、間もなくその類稀なる才能を遺憾なく発揮し始めた。身体能力、言語力、数学物理から科学技術に至るまでの理解力とその応用力、訓練として困難な作戦の後方支援に就いた時に明確に証明した彼女の持つ運の力、サバイバル技術の修得の速度、肉体的困難を乗り越える精神力、どれをとっても彼女の能力はＡＡＡであった。数百人いる女性戦闘員の中で彼女を凌駕するのはビビアンとイングリッドの二人だけ、同等の力を持つのはウーテだけであった。組織で検討の末、グレースはＡＡＡの中でも最も科学技術力と手先の器用さが飛び抜けていたので、彼女には化学薬品取扱いと爆弾設置、そして将来のために衛星兵器管理運用の特殊技能者として教育を強化する方針を決めた。そして化学薬品取扱いおよび爆弾設置技術者にグレースは指名されたのである。こうして、組織の判断では世界のトップクラスの化学薬品取扱い・爆弾設置・衛星兵器管理運用技術者の女性が一人生まれた。

しかし、組織の誇るそのグレースは、今、そのことに気付かないままにかつての同志であったイングリッドの許婚《いいなずけ》との戦いに臨もうとしていたのだった。
もし仮に、ステファンが誰と対峙しなければならないのかを知っていれば、イングリッドは力ずくでもステファンがその任務に向かうことを阻止していたであろう、組織最強の科学的戦闘技術を持つグレースとの戦いにステファンは向かうことになった。

＊

トプカプ宮殿は一四七八年に完成したメフメト二世から始まるオスマン帝国の首長の宮殿であ

り、一八五三年に宮殿が西洋風のドルマバフチェ宮殿に移転するまで約四百年の間使われたイスタンブール旧市街のある半島の先端部分、三方をボスポラス海峡とマルマラ海、金角湾に囲まれた丘に建てられている。ボスポラス海峡を北に上ると日本の国土より広い内海の黒海があり、黒海はトルコ、ブルガリア、ルーマニア、グルジア、ウクライナ、そしてロシアの六つの国が対面するヨーロッパとアジアの戦略的な要所である。南にマルマラ海を下るとダーダネルス海峡を抜けてエーゲ海に至る。エーゲ海をさらに下ると地中海があって、アフリカ大陸に突き当たる。アフリカの大国リビアとエジプトの東にはイスラエルを経てヨルダン、レバノン、シリア、イラク、そしてアラビア半島の半分の面積を占めるサウジアラビアの南に内乱に揺れるイエメンと、他宗教に寛容で穏健なイスラム教イバード派の国オマーンがある。地中海の北を西に向かうとギリシャがあり、アルバニア、クロアチア、イタリア、フランス、そしてスペインに行き着き、スペインを下るとまたアフリカ大陸のモロッコに辿り着く。

ボスポラス海峡は東側がアジア部分で西側がヨーロッパ部分であることを考えた時、このトルコというちょうど日本の二倍の面積を持つ国が、アジアとヨーロッパと中近東とアフリカを結ぶ世界の最も重要な地域に存在していることが理解できる。アフリカ大陸北部に基地を置くビビアンとグレースの組織にとって、この地域一帯を結ぶ活動網を維持するために、タジキスタンやトルクメニスタンといった中央アジア諸国とのやり取りの経由地であるトルコの同胞との協力体制を組むことは何にも替えられない重要戦略とされた。新しい事務局長の選任が決定したNATOには、特に米国を中心にビビアンとグレースの組織の徹底した弱体化を主張する動きが活発になっているという報告があり、トルコの同胞の拠点の脅威となっている。グレースの使命は、イスタンブール市内で行われるイベントに参加するNATO統括指令本部を動かす今回の組織殲滅作戦司令塔のフェトヒ・オザルプ軍事委員会議長を爆発で暗殺することであった。

＊

キャンプでの科学技術修練所で、グレースは様々な薬物調合に好奇心を示した。特に爆発薬の調合には、周りの人間が、近付くことも躊躇するような集中力で、夜を徹した実験を繰り返して科学班のチーフによく窘《たしな》められたものだった。

「グレース、身体や精神に休息を与えるということも実務のうちなのだぞ」

これに対してグレースはこう応えたものだった。

「私にとっては、この作業が身体や精神の休息なのです　休息をとり続けて宜しいでしょうか?」

彼女が調合して新たな武器としてリストアップされた爆発薬物は百を超える種類のものがあったが、中でも、古典的な導火線に点火する爆弾にある特殊な仕かけを付けた爆弾薬物は、グレースがいつか実験してみたいと思っていたもので、彼女にとっては悪戯心から生まれた薬物なのでミスチーフと呼ばれていた。

彼女は今回の作戦にはこれを使用することを考えていた。複雑で解除難易度の高い仕かけの爆発物が解除されると古典的な導火線に点火する爆弾が稼動するダブルトリック爆弾である。

ステファンとイングリッド　*Stefan and Ingrid*

ステファンが部屋を出て独りになってから、イングリッドは目をつぶりながらステファンのイメージを頭の中に焼き付けていた。そのイメージは、扉を叩く音がして彼女がそれを開けるとステファンが笑顔で部屋に入ってくる姿であった。彼の首に手を回すイングリッドと彼女の腰を両腕で抱く二人の姿のイメージをイングリッドは集中力を持って自分の中に焼き付けた。イングリッドは、今、もう二度とステファンを失うことのないように、自分の心から念を必死に発していたのだった。やがて彼女は、睡魔に襲われて深い眠りに落ちていった。

＊

イングリッドは空高く飛ぶ飛行機の中にいた。コックピットに呼び出されていたステファンが輝くような笑顔でこちらに戻ってくる。イングリッドは彼をじっと見つめて、彼が彼女を抱きしめてくるとそれに応えた。飛行機の床はガラス張りで、一万メートルの上空から雲を透かしてはるか下に大海原が見える。

「あぁ、これは夢なのね」

イングリッドはキャンプで明晰夢《めいせきむ》を操る訓練を受けてきたために、自分の夢を思い通りの筋書きに進めることができた。

「幸せな結末にしてあげよう」

イングリッドは心の中で思った。

しかし、夢はイングリッドの操作に応じるどころか、予想もできない方向に進んでいった。ステファンは、イングリッドを連れて、再びコックピットに戻った。そして彼は機長席に座った。飛行機の操縦席で操縦桿を握る彼は青い澄み切った空を見つめていた。彼は機体を更なる上空に向けた。飛行機は空をやがて突き抜けて、何億もの星が煌めく暗闇の世界へ入っていった。

「暗闇と光の違いって何だろう」

そうステファンが思いを言葉にすると、イングリッドがその美しい声で彼の思考を遮った。

「光は生きていること。暗闇は生きたあとに行き着く所。暗闇の中の無数の星は次の命の待っている所。星に向かっていくのよ。ただただまっすぐに星に向かっていくの。躊躇して止まってはダメよ。あなたは先に星に着いて待っていてちょうだい。わたしもきっとすぐに行くわ。そうしたら、二人揃ったら、一緒に生きましょう。楽しく生きましょう。今度は、殺したり殺されたりすることのない命の世界で。一緒に生きましょう。でも……」

「でも……？」

「でも私には、その前に、やらなければならないことがあるの」

「それをすることで、星に来られなくなってしまうことはないのかい」

「…………」

「イングリッド……」

イングリッドは泣いていた。

涙が止まらなかった。

「それでも、私は、それをやらなければならない……」

「…………」

「でも、ステファン、待っていて。きっとあなたの待つ星に何とか辿り着くから」

「本当に？」

涙がさらに溢れ出てくる。

「ああ、ステファンったら、私をこんなに泣かせて……」

イングリッドの泣き笑いの表情を涙が覆っている。

「じゃあ、イングリッド、君を信じて先に行っているよ」

「ステファン……」

「え？」

「愛しているわ」

「え？」

イングリッドはいつの間にか機体の外にいた。

イングリッドの声が掠れてステファンに聴こえない。

イングリッドは叫んだ。

「愛しているわ、ステファン、あなただけを、世界で一番、ずっとずっと愛しているわ。忘れないで」

ステファンが機長席から手を振っている。

ステファンに聴こえただろうか？

そんなことはどうでも良い。インングリッドはパラシュートを収納したバッグを背に地表に向かってスカイダイビングをしていた。涙の飛沫が空中に舞ってゆきそれが太陽に当たって虹色に輝いている。

「あぁ、これは、私の操作する明晰夢ではない。でも何て美しいの？」

目が覚めたイングリッドのシャツが汗でべっとりと身体に張り付いている。

「私は何をしているのかしら。私は何を言っているのかしら？　ステファンはどこに行ってしまうのかしら。私は何者？　ステファンは生きているのかしら。なぜ、今、私は明晰夢を操作できなかったのかしら？　それは、私が、人間らしい感情を取り戻したから。それとも私が信じたことが一度もない神様の悪戯。私がステファンに神の不在を断言した時に彼が言った言葉は正しいのだろうか。『神様は少なくとも一度だけ皆のもとに現れて悪戯をするのだよ』。神様、あなたは本当に存在するの。いや、そんなものは存在しない。存在する訳がない。存在するのだったら、なぜ、女性がしてもない浮気を疑われて夫に焼き殺されたりするのか。なぜ、無垢《むく》な子供たちが獣のような人間に誘拐されて内臓を取り去られたあと放棄されるようなことが起きるのか。なぜ、それだけ力があって倫理と善行と罰をもって人を強力に支配できる存在が、これだけの悪事を支配できないのか。答えを求めても何も言ってこないのはなぜなのか。そんな残酷で無責任な支配者を人は神と呼ぶのか。だったらなぜ、それに従う必要がある。私は神を信じない。神は無力だ。世界の矛盾は私たちが自らの手で解決していくしかない」

イングリッドは、濡れたシャツと下着を脱ぎ捨ててシャワーを浴びると、訓練所でもらった行動着に着替えて、サングラスをかけ、扉を強く開けて、廊下に飛び出した。

「ステファン、きっと貴方に何か良くないことが起きようとしているのね。私が鍛えてきた危機予知能力がこんな夢を見させたに違いない。私は、貴方のミッションが何か知らないけれど、貴方に何かが起きようとしていることは感じている。私が行かなければ貴方を失うことになるということも理解し始めた。私は戦闘に向かうつもりで貴方を助けに行く。貴方を失うことはできない。貴方を失ったら私にはもう、何も残っていないの。ごめんなさい」

イングリッドは一人の女性からほぼ戦闘員に戻っていた。今、彼女を人間の世界に繋げているのはステファンというただ一つ愛の存在以外何もなかった。

＊

フェトヒ・オザルプ軍事委員会議長の演説が始まった。

「我々は何の爆発物も仕かけられていないと知っている。しかし、貴方たちがそこまで言うならば、調査を認めよう」

トルコ警察総監司令部の部長は、傲慢な態度でステファンたちとの面談で対応した。

ステファンが言った。

「軍事委員会議長にもしも何かあったならば、貴方の責任は重大ですよね」

部長は言った。

「それは君の知るところではない」

この時ステファンはこの男が爆弾を仕かける組織の影響の及んだ人間であることも認識するべきであったかもしれない。

実際、この面談のあと、彼は会場を出て行方をくらました。

その仕かけは地下の配線室にあった。今までステファンが見たことのない極めてシンプルに見えるその仕かけから経験豊かなステファンに奥深い罠の存在が匂ってくる。ステファンは会場の責任者に向かって警告した。

「大きな爆発が起きる可能性がある。速やかに軍事委員会議長を含むすべての人間にこの建物からの退去を勧告します」

明らかに爆弾には時刻計が仕込まれていた。なので、放っておけば必ず爆発する。一方で、多分爆弾は何重にも複雑に設定されていて解除は容易ではない。ステファンはこの様子から自分が今までで最も危険な任務に向かっていることを本能的に意識した。

＊

イングリッドは、半年振りに組織に連絡をした。アフガニスタンで活動中に監禁されていたことと、それを破壊して脱出してさらに彼らの首謀者たちのメンバーリストを入手してこれから帰途につくところだと伝えた。組織は沸き返った。イングリッドが戻ってくる。ビビアンとの二枚看板で、組織としてはこれから遂行可能な作戦を立案することができる。イングリッドは現状トルコにいることと、自分に何か協力できることはないか？　と聞いた。そして、イングリッドはグレースが任務に就いていることを知った。

「大変だ」

イングリッドはステファンが相対しているのがグレースであることを瞬時に悟った。

既にこの日に組織と敵対関係にあるＮＡＴＯの軍事委員会議長の演説があることを知っていた

イングリッドは会場へと急いだ。

「グレースの爆弾に対抗できるのはグレースしかいない。彼女を捕まえて、彼女に爆弾を解除させるしかステファンを助ける方法はない」

＊

グレースは、すべての仕かけを終えて、正午発の舟でキプロスに向かっていた。イスタンブールの街が遠くに去っていく。

「完璧だ」

彼女は短く心の中で呟いた。グレースの頬にあたる海風が優しい。舟のたてるエンジンと波の音が少し大き過ぎると思ったグレースは、背をかがめながら、船体後方に向かって移動していった。

「組織の舟がなぜもう一隻？」

グレースの舟を、最高速度を超える勢いのもう一隻の組織の舟が追いかけてきていた。その舟の船首に一人の人間が立った。ほぼ同時にグレースの舟に連絡が入った。

「イングリッドが復帰をして、グレースの舟と合流しようとしている。合流したら一緒に帰還するように」

「イングリッドが復帰ですって」

一緒に帰還することを命令されたということは、彼女も自分たちと同じ任務に復帰するということだろう。しかし、あれだけ攻撃的で血も涙もない戦いを好むイングリッドは、今までどこにいたのだろうか。グレースはもう一度後続の舟の船首に立っているイングリッドの表情を見た。彼女はいつものように感情が見えない微笑みを浮かべ、グレースをまっすぐに見つめていた。組織最強の戦士が戻るということは喜ばしいことのはずなのに、グレースに何か戦慄のようなものが走った。彼女は船長に言った。

「構わないから、そのまま最高速度で後ろから来る舟を振り切って」

船長は答えた。

「命令に背くことになりますが、良いのですか」

「大丈夫。私が責任を取る」

警戒して合流を拒む姿勢を見せたグレースの舟に追いつくことができないと悟ったイングリッドは、踵《きびす》を返すと、イスタンブールに戻っていった。

＊

ステファンは永遠に終わらないかと思えるような爆弾解除の戦いに集中していた。既に、会場からはフェトヒ・オザルプ軍事委員会議長をはじめ、すべての人間が退去を終えて、今、この建物にいる人間はステファン一人であった。

この爆弾は解除されると、電波が飛び、他の場所に仕かけられた古典的な導火線に点火する爆弾が稼動する。それは、導火線が粘着質の化合物でできていて、導火線の火の先を切断するとそこから自然に発火し、導火線を引き抜くと爆弾が爆発するというものだ。切断を続けていたステファンは、仕かけを理解し、彼が用意した同様の爆弾を処理するために開発された化学物質を導火線にかけて消火した。彼は一瞬安堵《あんど》して十字を切った。しかし数秒もすると、また、他の同じ仕かけの爆弾の導火線に点火した。少し驚きを表情にしたステファンはその導火線も薬品で消火したが、消火すると他の爆弾の導火線が引火してゆく。そして良くないことに、段々と導火線の長さが短くなってゆく。

「最後は消火した時点で爆発する爆弾だな。まずいぞ……」

このままだと、仕かけた人間の思惑通り、爆発に至るだろう。

彼は賭けに出た。

「どうせ助からないのならば……」

彼は次の爆弾の導火線に手をかけた、

「イングリッド、君に逢えて良かった。短かったけれども最高の人生だった。有り難う」

そう言うと、ステファンは、導火線を引き抜いた。

ステファンを閃光が覆った。

＊

ブロンドの美しい女性が独り海岸で佇んでいた。彼女の発する寄り付き難い佇まいに、同じ海岸にいた男たちは誰も声をかけようとしなかった。彼女の心は、伽藍堂《がらんどう》だった。もう何も残っていなかった。こうなることは予感していた。自分の宿命は分かっていたつもりだった。でも、実際に愛が自分に訪れると、それは幸福という感情に置き換わっていった。彼女は一度も経験したことのなかったその感情を制御することをしなかった。それはひとえにステファンという存在があっての決断だった。誰も信じることをせず、自分自身に一度も感情の起伏を許したことがなかった。バシールと会った時は尊敬という初めての情緒を経験した。しかしそれは戦闘員としての存在を危うくするものではなかった。ただ、自分の信じていることが大きく変わっただけであった。それはそれで危険なことではあったが、戦闘員としての自分の喪失ではなかった。ステファンと再会して、イングリッドはひとときでも良いから、愛と幸福を経験してみたかった。それは戦闘員という立場を放棄するに等しい決断であり、行動であった。そしてそれを敢行した。今、この短くて美しい経験が終わりを遂げた。彼女はやにわに笑い出した。大きな声で笑うその姿を見た海岸の男たちは、何か得体の知れない畏怖を感じて、その場を立ち去っていった。

ひとりぼっちになったイングリッドは、すると、顔を手で覆った。

彼女は慟哭していた。

〝人間五十年、化天のうちを比ぶれば、夢幻の如くなり。一度生を受けて、滅せぬもののあるべきか〟

バシールの言葉を心の中で繰り返してみたが、何の慰めにもならなかった。

彼女を月の光が照らしていた。

銀色の月の光は、そして、イングリッドの目の前に広がる黒い海の水を揺らしていた。

ウーテ　*Ute*

北キプロスのグレースからの応援要請を受けた時、最初、ウーテは首を傾げた。

「本部への連絡前の重要事項遂行の必要性発生にて応援来られたし」

これは、家族を全く持たない孤独を共有する二人の間で秘密の姉妹関係を誓った時に、お互いの命に危機的状況が生じ、かつ、死ぬことが確実と判断した際に最期を看取るために相互に駆けつける契りのメッセージだったのだ。ウーテは以前から緊急事態のために用意してあったステルス高速ボートで、地中海各国の監視の目をかいくぐって出発から五時間でレフコーサの街に辿り着いた。

ここレフコーサに雨は降らない。雨の降らない土地だから痩せていて、木一本生えないような乾燥地域が多く存在する。水は、北はトルコから、南はギリシャから海中パイプによって送られている。島には直径二〜三メートルはある太い幹のオリーブの木々がそこかしこと立ち並んでいる。乾燥に強いオリーブはオリーブ油とその実という重要な食料源を島民に供給している。レフコーサは元来一つの街であったが、英国の二重外交によって南北に引き裂かれ、現在は、北をトルコ、南をギリシャが統治している。国際的には北キプロスはトルコ政府により不法占拠された地域でありギリシャの土地ということになっている。英国が双方に権利を認めた時にギリシャ軍が侵入して全島を実効支配したあと、トルコ軍が北を奪取したという流れから見ても、本来は二国間で話し合いがなされて解決されるべき国境問題であるが、国連がギリシャ側に立ったことで複雑性を増している。この結果、元来ニコシアと呼ばれていた北と南の真ん中のこの街は、北のレフコーサと南のニコシアに、その間に立つ壁によって分断されたままになっている。軍隊と警察によって国境は厳しく封鎖されていて、陸路、ニコシアからレフコーサまたはレフコーサからニコシアに入ることはできない。レフコーサは石畳の迷路が走る中近東のスークのような街だ。昼間は、肉や魚や野菜の食料や衣類、食器、雑貨や薬、化粧品といった生活必需品から、砂糖と砕いたピーナッツをまぶし練り上げて大きな板状に固めたものを鉈で砕いて売るハルヴァと言う乾菓子、そしてあらゆる観光的な商品まで様々なものが売られている。しかし夜になると警官と軍隊による街の厳重な警備が始まる。日中の日常生活と夜の政治的緊張が同居する世界だ。

昼の世界を他の観光客に紛れて歩きながら街の様子を窺っていた。特に大きな兆候は見られず兵士たちの立ち位置を確認したウーテはグレースが市場に商人の妻として潜入していることを知っていた。夜がふけて営業時間が終わると兵士たちの目を避けてその市場に天井裏から侵入したウーテは、天井裏の中の網状の柱に括り付けられているグレースを発見した。彼女の口には猿ぐつわが嵌められている。以前戦闘訓練の時に見たことのある投下用の猿ぐつわである。戦いの最中に息継ぎのために口が開く一瞬の隙をついて投下されたものに違いない。劇薬の錠剤ロケットが奥歯にあることを知っている敵だ。

「あり得ない。グレースクラスの戦闘員をまるで一般市民を人質にとるが如くこのように柱に括り付けて猿ぐつわを嵌め込むなど絶対にあり得ない。つまり奥歯に埋め込まれている劇薬の錠剤ロケットの着剤を未然に防いだということだ。つまり……」

グレースから応援要請がきたことを聞いた時から直感的にウーテの脳裏に浮かんでいた最悪のシナリオが確信されたその時、幾つもの手裏剣が飛んできた。

「予期せぬ予期の隙」

ウーテは即座にさらにその次の攻撃に備えた。方程式通り、また複数の手裏剣が唸り声を上げて飛んできた。その音を耳にしながら、身近の一番太い柱に向かう振りをしたウーテは、太い柱の四隅から突き出してきた鋭く長い剣を擦りもせずに回避して、直前でバク転をしながら踵を返して天井から一時的に下の市場に降りた。

「グレース、私の愛する妹。残念ながら、あなたを助けることはできない。でも愛している。心から愛している。とっても愛している。きっと遅からず私も行くことになる天国で会いましょう」

そう叫ぶウーテの目前にあの見覚えのある金髪の女が立っている。

「十分よ。それだけの間に決着を着けましょう」

イングリッドの聞き覚えのある固くて冷たい声が無人の市場に響き渡る。見渡すと市場には数名のトルコの兵隊と警察官と思しき男たちが倒れている。

ウーテは、実戦能力、非常時対応能力、ツキという三つの能力の中で、四人のトールの中で比較して一つ最も優れている能力を持っていた。それはツキである。

ウーテのツキの確率は計算上、誤差範囲を僅かに超える程度ではあるが、イングリッドのそれを上回り、ビビアンと同様であった。しかし、ビビアンには血液型という致命的な弱点があり、そのためにウーテのツキの確率がビビアンをも上回っていたのだ。ウーテにはビビアンの血液型のことは勿論伏せられていたのだが、四人の中で最も高いツキの確率を有していることは知らされていた。その他の能力では、実戦能力、非常時対応能力の双方でイングリッドとビビアンが他の二人を圧倒していた。

アフリカで運命の悪戯で知り合った身寄りのないウーテとグレースには友情を超えた感情があ

った。二人ともに先輩のイングリッドとは短い間ではあったが訓練で厳しい修練を共にする機会は何度かあった。二人はキャンプに参加したての頃、イングリッドの余りに圧倒的な能力を目の当たりにして気持ちを挫かれそうになった。そんな時、イングリッドは優しい笑顔で二人に語りかけた。「貴女たちは何年も先行している私を見ている。私は今この瞬間命を失っても良い覚悟で何年もエクストリームに取り組んできた。だから差が出るのは仕方がない。でも見てご覧なさい。貴女たちの先輩や同輩たちは貴方たちの達成した能力の遥か後ろに位置しているのよ。私は、貴女たちは天才だと思う。その天才が私の側にいてくれてこれ以上に心強いことはない」

自分たちの遥かかけ離れた先を全力疾走するイングリッドからのこの激励は二人が以前から持っていた組織への忠誠心と、組織の決めた作戦への動機付けをさらに高めることになった。そして二人はトールになったのだ。

ある日、細身のアジアの女の子がキャンプに連れてこられた。華奢で、ひ弱そうなこの女の子はビビアンという名前で、キャンプではルーシーと呼ばれていた。

少し距離を置いて見ていた彼女の訓練への適合化は信じられない速度で進んでいった。彼女はウーテとグレースがトールに行き着くまでにかかった時間の実に半分の時間でトールを獲得した。ビビアンがトールを獲得したあと、ウーテは、イングリッドとビビアンがキャンプの規則を犯して二人で秘密の特訓を繰り返しているという噂を聞いたことがあった。「恐怖の館」と呼ばれ、過去に、そこでの訓練で多くの戦闘員たちが命を失ったと言われているあの「目くらましの壁」と呼ばれる巨大な鍾乳洞《しょうにゅうどう》だ。キャンプ設立当初から暫くの間、そこで行われた熾烈《しれつ》な訓練で、数十名が命を失ったために、組織ではその後、使用を許される武器の危険性を極度に弱めることで、安全性を確保したと言われている。それでも、そこに切り立つ巨大な水晶の壁の表面や先端が手術用のメスのように鋭くなっていて、触れただけで皮膚を切り裂いてしまうため、ほんのちょっとしたミスが死を呼ぶと言う。ウーテは、その噂を流したのは実はイングリッド自身ではないかと疑っていた。イングリッドとビビアンの能力を目の当たりにした他の戦闘員たちに恐怖心を起こさせて、二人だけの特殊訓練に余計な邪魔をされないためにイングリッドが流した噂だとウーテは思っていた。それから暫くして、イングリッドはアフガニスタンの作戦に参加するためにキャンプを出ていった。切り立った山岳地帯の奥深くに潜む英雄バシール・ハリーリの暗殺という極めて高度な使命を果たすために。そしてアルフォンソが実行したビビアンのスカウトはまた、イングリッドがパスポートの偽造等のサポートをしたと言われている。そのイングリッドがアフガニスタンで行方不明になり、ルーシーつまりビビアンがトールの筆頭になった。

ウーテは軌道解析スコープ（TAS：trajectory analysis scope）と呼ばれる新しいコンタクトレンズ状の装具を眼球に装着していた。これは、対戦相手が極度な速度の運動能力を有する場合に、相手の残す残影のみに意識を取られて本体の場所の特定をし損ねるという致命的なミスを防ぐための装具であり、ウーテがキプロスに向かう前にキャンプに寄った時に完成したものだった。軌道解析スコープは相手の動きを瞬時にコンピューターで読み取り、その軌跡をトレーシングして白い線の残像として残し映し出す。現在到達している所在場所には赤い点が点滅し、その点滅を追えば相手の位置が常に把握できる優れた機能を持つ。この装具はトールに向けて作られたものであり本来ならばイングリッドやルーシー、グレースにも配給されるはずであったが、その前に彼女はイングリッドと向かい合うことになってしまった。ここにもウーテの幸運がある。ウーテは独特の瞬きをすることで軌道解析スコープを稼動し、目の前から瞬時に消えたイングリッドを追跡した。そこには信じられない世界が待っていた。まるで蜘蛛《くも》の巣が張り巡らされているかの如く、複雑な幾何学線が右から左へ、上から下へと軌道解析スコープを使ってさえ追い切れないほどの速度で創られてゆく。その模様はある一定のリズムに沿って創られている訳ではなく、正に人間という自然界に生きる動物の本能に従って紡ぎだされる自然の芸術であった。イングリッドは、床から壁、壁から天井へと、まるで平地を走るように縦横無尽に走り抜けていたのだ。

「私を倒すのにこのような行為は不必要なはず……。イングリッドは今、極度の興奮状態にあるはずだ。つまり彼女は戦闘員ではなくハンターとして、この戦いを悦楽の恍惚《こうこつ》感の中で狂乱するが如く私を抹殺しようとしてきている」

ウーテには、もう一つ、今回キャンプに戻った時に自分に与えられた武器があった。それは、物理的加速剤（ＰＡＡ：Physical Accelerating Agent）という液体薬で、血液中に注射してから五分後に効果を現し、三十分後に効果が消える。効果とは、自分の体を駆使する速度が通常の三倍に跳ね上がり、所謂「目にも留まらぬ速度」で動くことができるようになる化学薬品だ。しかし、この薬品には副作用があった。

ウーテは、この薬を市場に入る前に腕に打っていた。

「副作用が出始めているから、もう効果が出ているはず……」

物理的加速剤の副作用とは、関節を恒常的に半分外れた状態にするために起きる激痛を数倍の痛みに増幅してしまうことであり、三十分間効力を全身に与えている間を耐えても、その後も三時間程、さらにそれを上回る激痛が全身を甚振《いたぶ》り続けるのだ。しかも訓練されたトールは副作用のせいで気絶できない。つまり生き地獄のような激烈な痛みに苛まれるのだ。

イングリッドがグレースとウーテにキャンプのエクストリーム訓練で模範演技をして見せてくれた時に、最後に余興としてお披露目したものはGale Corsaつまり「疾風の如き疾走」である。それまでの歴代トールでイングリッドのみが修得した視界から消える疾走技術であり、この技術を駆使している時は全身の関節が半分離脱した状態になるという。これはイングリッドが生まれた時から有する特殊技能であり、彼女は、更なる訓練を経て、それを不可視なレベルにまで高めたのである。このGale Corsaはイングリッドという個人にのみ神様から許された能力であるとキャンプの誰もが信じていた。しかし、それはアジアからやって来たと言われるルーシーの登場によって正しくないことが分かった。彼女は一年かかったとはいえども、その能力を修得してしまったのだ。ただ、ルーシーがGale Corsaを修得したことをイングリッドは知らない。なぜならば、ルーシーがそれを修得したのは、イングリッドがアフガニスタンに出征したあとだったからだ。

科学班の技術部と化学部は、このGale Corsaについて分析を重ねた。イングリッドやビビアンのような特別な能力を持った人間以外でも、ある程度の訓練を積んだトールレベルの戦闘員に、化学的な処理と修練をかけ合わせて実現できないか、研究を重ねて、ある装具（軌道解析スコープ）とある新薬（物理的加速剤）とを発明するに至ったのである。しかし、物理的加速剤には副作用という致命的な欠陥があった。ウーテはそのことを知ってはいたが、妹として愛しているグレースにもしも何かがあった時に備えて、また、相手が行方不明になっているイングリッドのレベルの敵である最大限のリスクを考えて、自ら生体実験の研究対象となることを申し出た。アルフォンソは当初反対したが、最後はウーテとグレースの関係を考えて妥協した。

ウーテは軌道解析スコープを使ってイングリッドの描いた蜘蛛の巣状の軌跡を追いかけた。そして彼女は、ポイントトポイントから見えてくる景色に驚愕した。イングリッドは自分の今まで立っていた場所をすべての方向から攻撃できる地点を追っているのだ。ウーテの全身に鳥肌が立つ。それは恐怖に似た現象ではあるが、恐怖とは異なって、ウーテの動きや判断を鈍らせる影響力はなかった。トールの戦闘員には「感情コントロール」が徹底されている。

「私は今、多分、歴史上最強の戦士と向かい合っている。その歴史を私の人生に刻むことができる栄誉が希望であり、今回刻まれることになるその歴史で私の人生が多分終わってしまうのが絶望だ……」

ウーテは自分が今最後の戦いに臨戦していることを悟っていた。

「倒してやる」

彼女は希望が絶望を凌駕するために、意気を高める言葉を自分に向けた。

イングリッドは、自分のあとを自分とほぼ違わない速度で追ってくるウーテを認識して、意外に感じていた。

「これは人間の領域の動体速度を超えている。何か仕かけがあるな……。それと私の動きを追ってくるとは。これにも何か科学班が関わっているに違いない」

キャンプの化学部は、アレクサンダー・グレフツェーバが部長を務める部署であり、世界の薬メーカーにスパイ網を張り巡らせていた。大手の製薬会社から斬新な研究をしているとの評判の研究所まで、多くの研究員を派遣して、研究維持費という名目で多額の現金を渡しながら常に最新情報を得てキャンプに発信していた。さらに、化学部自体には、年収が百万ユーロを超える世界から選りすぐられた化学者が就任していて、世界中から集められた新薬開発情報を基にさらにそれを超える成果を出そうと血眼になっていた。一方、技術部は、特にソビエト連邦が崩壊した際に、国で最も優れた科学技術の若手俊英とベテラン科学者の双方を十数名雇用していた。技術部長は元KGBで最高幹部と共に働いた情報管理のトップを採用していた。名前をウラジミール・ハララノーバという。彼はKGB在籍時には最高幹部と共に将来を嘱望されていたが、彼自身の決断でKGBを離脱した。最高幹部と彼の思考能力・判断能力・決断力はほぼ同等であるとされたが、一つだけ決定的に異なる部分が彼のこの決断を生み出した。それは、最高幹部がロシアという国に対する強い愛国心を有していたのに対して、ウラジミール・ハララノーバにはそれが欠けていたからだ。彼は、国家よりも、自分という個人にとって今、そして将来、何が一番大切かを最重要視していた。彼には、チュニジア滞在時に知り合った二十歳年下のベドウィン系の妻と娘がいた。彼は、彼にとっては「折角自由になった機会」を最大限に生かして、家族と一般人らしい生活そして幸福を得ることを選んだ。彼の妻と娘はアルジェリアの首都アルジェの外国人外交官たちが住む高台の住宅地に、料理と掃除と子守を引き受ける三人の家政婦を雇い、語学・科学・芸術・数学の教科を娘に教える四人の教師を雇用して、五千平米の土地に千平米の邸宅を構えて住んでいた。彼は、これを自らの約束の地と決めて、それを失わないために働いていた。

ウーテは副作用と戦いながらイングリッドのあとを追っていた。イングリッドは丁度壁の上部から天井に移動していた。イングリッドまであと三メートルという距離に迫ったところで彼女は軌跡を変えてイングリッドの目の前を斜めに横切りそっと手裏剣を彼女の前方に向けて投げた。ウーテの初動動作を感知したイングリッドもまた軌跡を変更して少し下に向かうと今度はギザギザの軌跡を描きながら天井に向かった。ウーテが投げた手裏剣がイングリッドを外れ壁から天井に突き刺さる。

「アレックスとウラジミール、お前たちの発明を破壊してやるぞ。机の上で頭だけで勝負するお前たちと、最前線で命をかけて、希望を捨てて実戦を戦う私の力の違いを分かりやすくご覧に入れよう」

少し遅れて手裏剣が再びイングリッドを襲うが、彼女は軽く身を躱《かわ》して避けるとウーテに向かって手裏剣を投げ返した。予期せぬ予期の隙は通常四連投である。なぜならば人間の骨格と筋力ではそれ以上の連投を重ねると、脱臼もしくは筋肉断裂、またはその両方に苛まれてしまうからだった。だが、イングリッドは六連投した。その時、同時に、ウーテが四連投で再び予期せぬ予期の隙で手裏剣を投じた。ウーテの手裏剣はイングリッドの肩に裂傷を与えたが、イングリッドの五つ目の手裏剣はウーテの右腕を切り落とした。そして六つ目の手裏剣と思われた何かがウーテの口の中に投げ込まれて、ウーテは奥歯に納められた劇薬を開封することができなくなってしまった。五連投までは手裏剣だったが、六つ目に投擲《とうてき》されたのは、グレースに施されたのと同じ口の中に挟まる舌のかたちをしたゴムの突き出した猿ぐつわだったのだ。

ウーテは床の上に転げ落ちて、副作用の激痛に堪え兼ねて唸り声を上げていた。

「早く私を殺しなさい」

猿ぐつわのために不明瞭なウーテの言葉にイングリッドは無表情に応えた。

「あなたもグレースもよく頑張った。残念ながら二人とも私がこの地を離れたあとで、市場とともにいなくなってしまう運命だけれど……」

「なぜこんなことを……」

苦しみの中から疑問を挟むかつての同志に向かってイングリッドは冷たく応えた。

「なぜ……、世界を良くするためよ」

ウーテの全身に絶望が広がった。

Ⅲ

神様の悪戯　*Destined Junction*

ベネディクトとともに新年会を過ごしたモロッコからパリに到着したビビアンは、すぐにアルジェリアのキャンプに向かった。ビビアンがキャンプに戻ると、アルフォンソの伝言が残っていた。

「パリで会おう。その前に置いていった本を読んでおくように」

彼女のトールの位置が不動のものであることを、幹部たちが改めて確認することになったキャンプでの定期訓練を終了し、アルジェから陸路チュニジアを経由してモロッコのラバットに渡る陸路の車中、そこからフランスのパリ郊外の国際空港のオルリーに向かう飛行機の中で、ビビアンはマキャヴェリズムに関する書物を読破するように指示を受けた。アルフォンソがビビアンに渡したのは『君主論』と『戦術論』であった。

マキャヴェリズムとは、イタリアの政治思想家のニッコロ・マキャヴェッリが『君主論』、『ティトゥス・リウィウスの最初の十巻についての論考』『戦術論』などを通じて、理想主義的な思想の強かったルネサンス期に、政治を、宗教や道徳から切り離して打ち出した現実主義的な理論のことだ。その理論は大きくは政治理論と軍事理論の二つに分けられる。政治理論において法治の重要性を説く論理を基盤に、マキャヴェッリは、運命（fortuna）と技量（virtù）という概念を用いながら、君主には運命を引き寄せるだけの技量が必要であると述べ、「国家が危機に陥った場合、政治家は（国家存続の）目的のために必要かつ有効ならば、手段の選択をするべきではない」と、目的と手段の分離の必要性を説いている。軍事理論では、第一に軍事力、第二に軍事訓練、第三に司令官の軍事的指導力の重要性を論じている。これは統率論として軍隊の団結に司令官の統率力が直結し、血筋や権威にしばられない勇猛さと善良な思想に基づく行動がこの統率力を強化するとしており、それを支えるために演説の能力の重要性にも触れている。

ビビアンが特に興味をもったのは傭兵《ようへい》を廃止して常設の軍隊を持つべきという理論であった。自分は明らかに傭兵であるが、常設の部隊の一部として認識されている。もしマキャヴェッリが生存していたら自分のような存在をどのように位置づけるのだろうか。次に彼女は、軍事訓練を熟練度に合わせて段階的に、整列の動作、整列行進の動作、戦闘訓練、信号や命令伝達の教育を重視していることに魅かれた。なぜならば、これこそ彼女自身がキャンプで修練してきたことであり、様々な思い出が反復して自分の人生で最も異質で、かつ強い印象を残したあの訓練の日々が思い出されたからだった。

「私はマキャヴェリズムの申し子。アルフォンソはそう私に伝えるためにこの理論書を読ませたのかしら。それとも運命と技量の話。私には君主になる素養はない。私は私に与えられた任務を遂行するだけで十分なはず。それ以上求められても、それに応えることはできない」

彼女は自分の能力と運の組み合わせについて冷静に分析する力を持っていた。

「家族も女性の幸せもすべてを捨てたことが私を強くしていて、教育も知識も何も持っていなかったことが私を有能にしている」

このことを彼女は確信していた。


それまで殆ど何も勉強したことがなかった生徒が、ある時突然集中して勉強し始めると、中途半端にきちっと勉強してきた生徒たちを短期間で追い越してしまうことがある。多少の荷物を積載した船に突然大量の荷物が届けられても、まずは先に積まれた荷物の整理整頓に時間をかけて新しい積荷のために空間を作ってから積載をしなければならないのに対して、何も積載していない船の倉庫は元々何もない空間が自由に使えるために短時間で大量のものを詰め込むことのできるようなものだ。そうビビアンは分析していた。

「私の頭は空だったから、今はたくさんの重要なものが整理整頓されて積み込まれている」

そんなことを考えているうちに、アルフォンソの待つジョルジュ・サンク・ホテルに到着した。

重厚な装飾の扉をドアマンが「マドモアゼル」と言って開けてくれた。ビビアンが自分でも気がつかないうちに醸し出すオーラは、それに初めて触れる者を理由も分からずに優しい気持ちにする。彼女に柔らかい目配せを送るドアマンをさり気なく躱して、壮麗な装飾を施した玄関をくぐり、目の前に広がる広い回廊を歩いてゆくと突き当たりの左手にバーがある。そこで、アルフォンソはゆったりした革張りのソファで足を組んで新聞を広げていた。

「ジャン」

ビビアンがコードネームでそうアルフォンソに声をかけると、新聞を少し脇にずらして顔をのぞかせた彼は応えた。

「ルーシー、そこに座ってくれ」

アルフォンソのいつになく重い表情から、ことの重大さをビビアンは即座に悟った。

「話を聞かせて」

感動　*Deep Emotion*

アルフォンソに言われた言葉が、彼女の頭から離れなかった。

「ルーシー、今度の作戦は本部が思っている以上に困難が伴うのではないかと感じている。何か、嫌な予感がする。あのイリヤバングのことだ。パリでの作戦で同胞が二名も消息を絶ってしまったこと。これらの一連の事象の後ろになぜか我々の仲間が関わっているような気がして仕方がないのだ」

ビビアンは瞬時にアルフォンソの言っていることの意味するところを理解した。

「パリの二人は脱獄したのではないの？　イングリッドは、アフガニスタンで亡くなったのではないの？」

「脱獄した二人は消息を絶ったあと、セーヌ河に浮かんでいたのが発見された。それと、イングリッドに関してだが、イスタンブールにいると言う彼女から本部に連絡が入った。その後イングリッドはグレースと合流をすることを本部に指示されたのだが、その命令が下りて以降彼女とは連絡が取れなくなってしまっている。そして、さらに良くない情報がある」

「…………」

「そのグレースと彼女のところに向かったウーテの行方が知れなくなった」

「…………」

「二人とも、既に二週間以上連絡が不通になっている。彼等のサポーターにも繋がらない」

ビビアンの体を、一瞬、得体の知れない震えが走り抜けた。

「二人とも、今度の君の作戦に参加を予定していた現在最高の戦闘員だ」

アルフォンソが頷きながら続けた。

「そしてもう一つ、イリヤバングのことだ。我々が入手した情報によると、君が参加したプルート・アルティメートの攻撃対象だったイリヤバングは、あの時点で既に、我々の組織を攻撃する計画の実行に入っていたのだ。一つだけカーリッド・ザキの決意を遅らせていたのは、親友であった私の父の存在だった。しかし、プルート・アルティメートの数日前に彼が天国に召された時に、カーリッド・ザキはイリヤバングの幹部を集めて言ったそうだ。『さぁ、始めるぞ』と。我々は、目的を達成するために手段を選択することのできない状況になった。だから、作戦準備が始まるまでの一週間は思い残しのないように、できるならば、思い切り楽しんでくれ。それと、もう一つ」

「………」

アルフォンソが言った。

「君の口座に入っているすべての預金は凍結を解除された。もう君の家族はお金に困ることはないだろう」

言葉が聞こえているのか、ビビアンは独り言のように囁いた。

「感動……」

「え」

「感動を味わってみたい……一度で良いから……ジャン、あなたが以前言葉で教えてくれた感動を、死ぬ前に一度体で感じてみたい……神様が降りてきて自分と一体になれるその一瞬を……その感動というものを私の体全体で生きている間に感じてみたい」

「ルーシー」

「?」

自分の感情をおもむろに言葉に表して抱きしめたい気持ちを抑制してアルフォンソは言った。

「きっと……感動を味わうことになるさ」

アルフォンソは、その夜珍しく酒を飲みながら、一人で、ビビアンのことを思って、生まれて初めて目頭を熱くした。

「俺は……、一体……、何をやっているんだ……」

二つの感動の夜

Two Different Nights of Inspiration

セバスチャンはラジオ番組を収録するためにニューカレドニア島に出かけていた。帰国は二週間ほど先になるという。ベネディクトはセバスチャンの出発前に彼に相談をした。

「新しく友達になったアジア系の女友達がいるの。あなたがいない間、彼女をこのアパートに迎えようと思うのだけど」

セバスチャンは笑顔で言った。

「もちろん。でも帰国したら二人で一緒に旅行に出よう」

彼は、ベネディクトが、自分が心配しないように女性の友人と時間を過ごすことで気を遣ってくれているのだと思い、感謝の念を込めて応えたのだった。こうして、ベネディクトはビビアンとパリの家で短い時間を一緒に過ごすことになった。


ベネディクトのアパートメントにはオープンキッチンがあり、天井の高いダイニング、リビングと続いていた。キッチンとダイニングの間には高さが三メートルほどで四メートルを超えるほどの幅がある大きな純白の絹の布が張られた衝立てが置かれていた。ベネディクトがキッチンで料理を創っている間、ビビアンはその衝立てをダイニングとリビングの境にかけてある小さな鏡の前に持っていった。そして、リビングのソファの横に置いてある彼女の背の丈程ある、長く伸びたキリンの首のような柄をもつ照明スタンドを衝立ての後ろに置いてそれを点灯した。彼女の影が鏡に映る。それは細くて頼りなげで、華奢で、そして凛《りん》としていた。ビビアンの後ろから彼女の腰にしなやかな細い腕が優しく回された。

「行かないで　行かないでどこにも……」

「………」

「ずっと、ここにいて……」

「…………」

ビビアンはベネディクトの腕を腰に残したまま、自分の掌を二人の目の前にゆっくりとかざした。そして、その二つの掌と白くてほっそりとしている指をしなやかに動かしながらキリン、鹿、犬、猫、といった動物たちの影絵を作り出していった。その動物たちは、彼女に、魂を与えられて躍動しながら動き回り、生きた影となって鏡という劇場の中に映し出された。何かに追いかけられて逃げてきた鹿が大きな動物にぶつかってしまう。驚いた鹿がその動物を見上げると、長い首をしたキリンだった。キリンは鹿の気持ちを鎮めるように柔らかく自分の首を鹿になすりつける。

「きれい。とっても素敵よ、ビビアン」

犬が猫を追いかける。猫が逃げる。追い詰められた猫が犬を引っ掻く。犬が泣き声を上げながら逃げてゆく。ベネディクトが笑った。

「ねぇ、知っている？　インドネシアにはワヤンクリっていう影絵の物語があるんだって」

唐突なビビアンの問いかけに、ベネディクトは反射的に応じた。

「ワヤンクリ?」

ベネディクトはそれを美しい呼び名だと感じた。

「そう……、そしてそれは、何時間も、何時間も続く物語で、時に、夜を徹して演じられるらしいの」

「ビビアン……私のビビアン……」

ベネディクトがそっと自分の顔をビビアンに近づける。二人の赤くて柔らかい唇が重なって、最初は軽く、そして二人は次第に激しい口づけを交わし始めた。

二人の体は広いソファの上で重なり合い、そして二人の細い腕と淑やかな指はお互いの体の上を優雅に這っていった。ベネディクトの体を包む不安が興奮に変わっていくのをビビアンは心の底で感じた。そして、今度は何か制御できない自分の感情を、絹のような運命の布が滑らかに自分を覆っていくのが分かった。二人は時なき時を体と心を一体にして過ごし、そして安らぎの静寂の中に共に落ちていった。


ベネディクトはビビアンの口づけを耳元に受けて目を覚ました。

「どのぐらい寝てしまったのだろう……」

「ベネディクト」

「…………」

「あなたにしなければならない話があるの」

「…………」

「私はある組織の一員なの」

「ビビアン、人は皆何らかの組織の一員……」

ベネディクトの唇に、ビビアンは指を立てた。

ベネディクトは、地下鉄の入り口での事故を思い出した。あの優雅な指が今、私の目の前でまた私の言葉を塞いでいる。

「その組織はね、目的のためならば他人を犠牲にしても仕方がないという考えをもつ組織なの。そして、私はその目的を冷徹に実行する部隊の実務執行の責任者。あなたをあの地下鉄の駅で救ったのも、実は仕組まれた作戦の一部なの」

「…………」

「そう、私はあなたを裏切り続けてきたの……」

「…………」

「そして、私は次の戦いに出ていかなければならない。その戦いは多分組織の歴史上最大の戦いとなる。だから私はあなたに『さよなら』を言いに来たの」

「…………」

「それと、ごめんなさいって謝りに来た」

ベネディクトはどうやってこの感情を表現したら良いのか分からなかった。激しい言葉を投げかけ、ビビアンに向かって拳を叩き付けたい気持ちが高ぶったが、それをしても何も変えることができないことを感じて、微動だにせずに彼女を見つめていた。

「あなたは……あなたは、怖くないの?」

いつものベネディクトの他意のない言葉にビビアンは応えた。

「人はいつか死ぬ。私は、皆の目の前から消え去ってしまうその瞬間までに、燃えて、燃えて燃え尽きて、一陣の塵《ちり》も残したくない」

一瞬言葉を失ったベネディクトに向かってビビアンは続けた。

「私は今を生きる」

ベネディクトは無意識のうちに呟いた。

「何？　何を言っているのか私には分からない……」

ビビアンはベネディクトの額に優しく口づけをした。

「あなたは明日を生きて」

ベネディクトの柔らかい肌に触れて彼女が小刻みに揺れていることを感じたビビアンは、今度はきっぱりと言い切った。

「突然途切れてしまう人生ではなくて、明日も続いてゆく、そういう人生をあなたは生きて」

ビビアンが突然立ち上がった。

「良い曲を聴かせてあげる」

ビビアンが、やにわに投げかけた一言にベネディクトは何も応えず、彼女をじっと見つめた。

「前に働いていたソクラテスで聴いて、私がベネディクトに出逢ってともに時を過ごした印象そのものと感じた曲なの」

そう言うと、ビビアンが衝立ての向こうへ歩き出した。彼女は絹の半透明な布の向こうにその滑らかな流線型の肢体を黒い影にして映し出した。ビビアンの携帯電話から音楽が流れ始めると、彼女のその肢体は流れる水のようにやにわに躍動しはじめた。マティア・バザールの「I Bambini Di Poi」と呼ばれる曲に乗って彼女は曲線を描きながら右から左へまた左から右へ滑りそして空中に揺れた。

それはローマやパリといったイタリアとフランスの大都会に薫る風情をそのまま歌にしたような曲だった。ベネディクトはこの歌の旋律にパリをそして歌にローマを感じた。ビビアンは今、激しく、そして流麗に踊る影絵となってシルクスクリーンに映し出されていた。まるでワヤンクリの登場人物の一人のように。

どこからか花火の音が聴こえてきた。人々のどよめきがそれに続く。パリにまた祭りの気配がしはじめた。

儀式　*Ritual*

イエメンの一日はコーランで始まる。美しいコーランの響きが街や村に、そして山や川を透明に覆い尽くす。月の光が白い家々を青白く蛍光塗料のように光らせる。荘厳な読経の声が街の控えめな青白い輝きと解け合い、人々は新しい年を迎えられる幸福に、アラーの神に感謝する。

イングリッドはイリヤバングのカーリッド・ザキと共に、作戦の詳細を再検証していた。

「あの女には、気をつけなければならない。彼女は体全体が戦闘機のようなものだ。一分の隙もない」

カーリッド・ザキの顔は緊張していた。

「この男をここまで警戒させるとは……」

「確かに、私があの時アルフォンソと共にスカウトしてきた台湾の女が、トールになってからの成長は半端ではなかった……。あの目くらましの壁での戦いを仕かけた時に決着をつけておけばよかった……。何れにしても、アルティメット・トールを決する時が来たというわけだ……」

イングリッドは体全体に熱い何かが廻るのを覚えた。戦闘を迎えて、こんな高揚した気持ちになったのは久しぶりだ。

「その女は私が倒す」

イングリッドの大空を引き裂いてしまいそうなその激しい決然とした言葉に、カーリッド・ザキは体の芯から凍りついていく自分自身に驚きながら、彼女の欠点のない北欧人の整った美しい横顔を凝視した。

*

ホテルの部屋に戻ったイングリッドはイヤフォンを着けた。

ヴァヤ・コン・ディオスの「リメンバー」が彼女の体全体に響く。

ヴァヤ・コン・ディオスは嗄《か》れた声ながらライブハウスではマイクが必要ない声量で床、壁、天井を揺らしながら歌うことのできるベルギー出身の女性歌手である。「リメンバー」は彼女のオリジナル楽曲の中でも最も迫力のある曲でこの曲を聴くと心が鼓舞されると言う人もいたほどだった。

イングリッドは魂の底から湧き上がる高揚感とともに踊っていた。まるで血と殺戮《さつりく》を好む戦いの神カーリーが、魔族アスラの首領ラクタヴィージャへの勝利に陶酔して、大地を砕きながら踊るが如く、恍惚の表情で、制御不能になった炎のように、彼女は激しく燃えたぎる焔《ほむら》の踊り手と化していた。彼女を目にした何も知らない人間には、沸騰した狂乱で彼女の頭から爪先までを極彩色に染めた悪魔がこの世のすべての調和を破壊しようと、地響きを立てながら全身を動かしているようにしか見えないだろう。

目くらましの壁

Antagonized Spirit

イングリッドからビビアンに連絡が来た。

ビビアンとイングリッドは一度だけ二人だけで連絡を取らなければいけない事態に陥った時のために、SNS上に二人だけがログインできるサイトを作成してあった。世界中の美しい海や海岸の景色をアップしているサイトだった。しかし、組織は二人が同時に危機に陥ってしまうことを避けるために両者が参加する作戦は一度も立てることがなかった。そのために、そのサイトは未使用のまま残っていた。ビビアンは数年ぶりにそのサイトにアクセスをした。イングリッドの気配がしたからだ。そしてイングリッドからのメッセージを受けたのだった。

「ビビアンへ、目くらましの壁で待つ。誰にも言うことなくあなたがそこに姿を現さなかった場合は、組織を徹底的に壊滅させる。姿を現したら、二人の決着をつけましょう」

そう書かれていた。

ビビアンは瞬時に目くらましの壁に向かう決意を固めた。彼女には、本来はアルフォンソに連絡を入れてイングリッドからの伝言について報告をする義務があった。しかしビビアンは敢えてそれをしなかった。そこに行くことが自分の責務だと感じたからだった。それは、今までやって来たこと、今やっていること、これから果たさなければならないことの総決算だという固いビビアンの決断だった。

＊

目くらましの壁と呼ばれる水晶の壁の高さは低いところは五メートル、高いところは十五メートルほどで、三百本以上のそれが林立する威容には、まるでずっと隠されてきた太古からある秘密の神殿のように、非現実的な趣、あたかも宇宙のどことも知れない惑星に迷い込んでしまったかのような感覚に襲われるものがあった。ところどころに直径一メートルはある地上から掘り下げられ洞窟内に張り巡らせられた光ファイバーのパイプが施され、神秘的な光に姿を変えた太陽光が不規則に並ぶ水晶の壁をあらゆる方向から照らしていた。この光のスペクトラムは幾何学的な無数の輻射光を洞窟全域に反射させて、そこに立つ人間を幾つもの存在に映し出すホログラムの役割を果たした。キャンプの人間たちはこの場所を目くらましの壁と呼び、ＡＡＡの戦闘員のみに、訓練のために開放した。

ＡＡＡの戦闘員はＡＡの戦闘員を選択して、照射銃でバーチャルとリアルの入り混じる模擬戦闘の訓練を行った。つまり、ＡＡの戦闘員は多い時は数十名ものホログラム化された偽者の自分に入り混じりながら本物の自分からＡＡＡの戦闘員に致命的な攻撃を仕かけて倒すのだ。ＡＡＡ戦闘員は特殊な素材を使ったスーツを装着していて、このホログラム現象が起こらない。従って、複数の姿に分身するのはそのスーツを装着していないＡＡ戦闘員のみとなる。まるで忍者の如く上から下から左右からどこからともなく現れるＡＡ戦闘員の演ずる複数の仮想の敵の中から本物と偽者を見分けながら、敵が自分を撃つ前に敵を倒すのだ。成功率判定基準最低回数の訓練回数二十回を超えた戦いをこなしてこれを百パーセントの確率で達成できたのは、キャンプの長い歴史の中でも、イングリッドとビビアンの二人しかいなかった。

このホログラム現象下での戦いには、元来実力差が甚だしく離れているＡＡ戦闘員の能力をＡＡ戦闘員の能力と同等にする効果があった。実際にＡＡＡ戦闘員であったウーテとグレースの勝率はそれぞれ二十回の戦闘で七十パーセントを少し上回る程度であった。

しかし、イングリッドは三十回こなしたこの特殊訓練で、圧倒的な力の差を見せつけて、相手のＡＡ戦闘員を完膚なきまでに凌駕し倒した。彼女の動きの速度が人間の限界を超えたものであったために、例えば三十体の偽者のＡＡ戦闘員一つ一つに近付いていちいち真偽を調べてもそのＡＡ戦闘員はそのことが試されていることさえ気づかない程であったのだ。そして相手のＡＡ戦闘員を倒してこの訓練を終了した時の顔を迷彩色に彩られた彼女は、まるで宿敵を倒してエクスタシーに陶酔して踊るカーリーのように狂気の興奮に浸るのだった。

一方で、ビビアンの目くらましの壁での戦いは、彼女が瞬時に数十のＡＡ戦闘員のうちどれが本物であるかを見極めてしまうことで時間があまりかからずに終了してしまうため、ビビアンはこの特殊訓練自体に興味を余り示さなかった。

しかし、この特殊能力を有する二人でも訓練を全うすることに苦労したことがあった。

砂漠では時折、空が完全なる金色に染まる瞬間がある。雲がそこに浮かんでいればその雲は大空に浮かぶ壮大な金の延べ棒になり、金色の空をさらに濃い黄金で彩るのだ。この自然現象は気温と湿度がある一定の数値を示し、風がなく一切の音が消え去った時にしか起こらない。そして、空が金色に染まる時、目くらましの壁に放たれるスペクトラムは上下左右に放射し始める。目くらましの壁の訓練でこの現象が実際に起こってしまうと、特殊な素材を使ったスーツを装着しているＡＡＡ戦闘員の姿も、なぜか、複数に分身し始める。しかも、分身される数量が通常時の二倍ほどになる。これは黄金化現象による光量の増幅によるものではないかとキャンプでは言われていたが、科学的に証明されていた訳ではなかった。

イングリッドとビビアンがキャンプで同居していた期間は短かったが、一度、イングリッドのほうからの誘いかけで、二人はこの黄金化現象が起きた時に、キャンプでは禁じられていたＡＡＡ戦闘員同士の訓練を行ったことがあった。偶然、通りかかった二人を見つけたアルフォンソは、本部に規則違反を伝えないままイングリッドとビビアンを追った。二人はアルフォンソが尾行していることに気が付いていた。また、アルフォンソも二人ともに自分が追跡していることに気付いていることは分かっていながら、目くらましの壁までついていった。そこでアルフォンソが目にしたものは、四十人のイングリッドと、同じ数のビビアンが目にも留まらぬ速さで最大高低差が三十メートル、広さが四十エーカーはある洞窟の中で疾走しながら、複雑極まりない幾何学模様を描いて戦う美しい姿であった。一時間以上にわたる激戦の末、二人の勝敗は刺し違えで引き分けに終わった。結局、アルフォンソはイングリッドとビビアンの違反を報告しないまま、自分の胸の中にあの高揚する気持ちをしまったままにしておいた。

「この二人が参加する作戦ではどのようなミッションでもまず失敗することはないだろう」

アルフォンソは二人の加わったキャンプによる今後の行動範囲の広さと遂行可能な任務のレベルの高さを想像するだけで自分が興奮することを止めることができなかった。

それから六年が経った。イングリッドは何かが原因でアフガニスタンから忽然《こつぜん》と消息を絶ち、その後イスタンブールから連絡をしてきたかと思うとまた姿を消した。そして再び姿を現したと思ったら今では希少なＡＡＡ戦闘員であるグレースとウーテを倒した。今、黄金化現象が起きて、ここに彼女とビビアンが再び対峙している。しかも、味方としてではなく敵として。

最初にイングリッドが北側の入り口から目くらましの壁に入った。続いて、ビビアンが注意深く南側の出口から足を踏み入れる。

「あの時と同じだ……」

ビビアンは前回の戦いを思い出しながら、今回のイングリッドへの対策を頭の中に巡らせた。

極端な速度を伴う身体能力、ことが生じた時に瞬時に判断できる決断力、そして宇宙から地球を見るように大きく俯瞰《ふかん》して全体を見渡すことのできる洞察力。イングリッドにはこの三つの能力、さらに、相手の言動や目の動きから敵の思考を察しながら、その裏を掻いて、常に相手を翻弄する能力がある。そして最後は目の前の事態の動きに思考速度が大きく後れをとった敵に、予期せぬ予期の隙を突いて相手を完膚なきまでに叩きのめすことにエクスタシーを感じる本性を持つ。これがイングリッドの特徴だ。

「しかし、彼女と私の戦闘能力は同等だ……」

イングリッドはそれまでのミッションで複数の爆発物、銃槍《じゅうそう》類、毒薬、化学物質等を使用した作戦をこなしてきた。その分野での彼女の能力も非常に高かったために、キャンプでもイングリッドの参加する作戦では、その肉体能力と武器を使用した能力を併用することを選択したのだ。ビビアンも武器を併用した作戦で、既に何度か、その類稀なる能力を見せてきてはいたが、イングリッドと武器を手にした訓練で手を合わせたことはない。しかも、実戦経験はイングリッドのほうがビビアンよりも多い。

「戦闘能力が同じ、つまり、彼女にとって最も危険な私との戦いになぜ、敢えて挑む。武器を使うと有利に戦うことができると思っているのか。私はグレースもウーテも肉体と肉体の戦いで倒している。彼女が本気でキャンプを抹殺しようとするならば、傭兵を使い、爆発物、化学物質を使った作戦を立てる方が効率的なはずだ。ではなぜ？」

＊

イングリッドは、バシールがこの世を去った時に誓っていた。

「我が心の師バシールよ、あなたの言った通り、私が所属をして、また、その正義と目的を信じていたキャンプの目的が、実は、女性の幸福には全く繋がっていない、というよりは、女性が暴力や差別から離れて暮らすことのできる世界とは最も遠いところにその使命を置く組織であるということが分かってから、私の向かう方向は百八十度転換した。我が心の師バシールよ、私には、一度は人間としての幸せを手にしかけた瞬間があった。私はその時、もしかしたら神は戦いではなく愛を選ばれるのかもしれないと感じた。そしてその神の声に自分の人生を賭けようとした。しかし待っていたものは元の空虚だった。残念ながら、暴力を減らすにはその暴力に対して同じ暴力にて対峙するしかないと悟る機会を与えられたに過ぎなかった。もう私にはその選択しか残されていないのだ。私は女性が誰に気兼ねをすることなく自由に言動できる、子供が親の愛を障害なく受けられて、笑顔、そして喜怒哀楽に溢れ、安全に遊び、学び、創作力を高めることができる世界を実現してみせる。そのために、私は重大な決心をした。私の能力をこれ以上ないところまで鍛え、高めてくれた彼等を抹殺するという決心をした。彼等の最大の武器はその組織の世界的なネットワークと、それを支える財力、そして作戦本部人員たちの個々の能力の優秀さに加えて、彼等の使命を、世界中のどの組織よりも高い確率で成功に導くＡＡＡ、ＡＡの戦闘員の強力な個人力にある。その戦闘員を私は壊滅させてみせる。それも、私が圧倒的な力で肉弾戦の結果、彼等を倒すことで、自信と誇りを失わせた上で壊滅させてみせる」

血が滴る生首の首飾りをぶら下げて長い舌を挑発的に出して振り、自分の夫のシヴァを踏みながら狂気の踊りに夢中になる、真っ青なヒンドゥーの戦いの神カーリーの絵を見つめながらイングリッドはそう自分自身に誓った。

*

イングリッドがやにわに林立する目くらましの壁の下を走り出した。走りながら彼女は三層手裏剣を五連続で投擲した。最初は五人だったイングリッドが七人、十人、と複数にホログラム化されてゆく。それと同時に三層手裏剣も五十を超える数に増えてゆく。その様相は、疾風怒濤《どとう》の如く疾走する数多の鬼神の上を、従僕である無数の大きな吸血蝙蝠《こうもり》が飛び交っているかのように見えた。ビビアンはイングリッドとは逆方向に走り出すと、二器の三層手裏剣を投擲した。ビビアンの手裏剣は瞬く間にイングリッドの五器の手裏剣を叩き落とした。イングリッドは、一瞬、ほんの少し緊張を表情に表し、すぐにそれを微笑みに変えた。

「久しぶりね、私が全力で戦わなければ倒すことのできない相手と戦うのは。血がたぎるわ。ビビアンの見切りの能力は私を上回っている。でも肉体的な速度では私のほうが上だ。さらに私には様々な複数の攻撃を目にも留まらぬ速さで仕かけながら相手の思考の速度が肉体反応の速度に追い付かなくなってきた時に、予期せぬ予期の隙の攻撃を仕かけて圧倒的なかたちで相手を倒す力を有している。それは、ビビアンに対しても有効なはずだ。では私たちはどうして戦いにおいて常に引き分けになってしまうのか。それは、彼女にはもう一つの能力、極端に正確性の高い行動予想能力があるからだ。だから、私がどんなに不可視なほどの速度で複雑に組み合わせた戦闘術で彼女に迫っても、ビビアンにはいつも迎撃態勢が出来上がってしまっている。そして、ビビアンも私がどのように攻めてくるか、私の初動を見た時点で一瞬で読み、完璧な態勢で私の攻撃を防御するだけではなく、反撃をしてくる。だが、私の攻撃が激しく速くかつ隙なく連続しているために、ビビアンは私に対して致命的になる大きな攻撃に打って出ることができないでいる。私がこの膠着《こうちゃく》状態に辛抱ならなくなって大きな手を打つと、瞬間的に時間の余裕が生まれた彼女が致命的な攻撃を私に仕かけることとなり、結局は相打ちになる」

イングリッドは過去の目くらましの壁での訓練での経験からそう分析していた。

「これを打ち破る方法を思い付いたのが、ビビアンを目くらましの壁での戦いに誘った理由だ」

もう一人の私　*Mirrored Images*

イングリッドは過去にこの目くらましの壁で、単独の訓練をさせてもらったことがあった。この時に彼女は自分自身の「速度の限界」に挑戦した。一・二倍の速度から進んだ時に、一・五倍のところで肉体的限界が来たためか、彼女は気を失った。この時に、意識が薄れる前にイングリッドは倒れる自分と倒れる直前の自分の二人の自分が同時に存在したことを見た気がした。後日、暫く、目くらましの壁の訓練を禁止されていたにもかかわらず、彼女はもう一度一・三倍、つまり、意識を失わないでいられると感覚できるギリギリの速度で走ってみると、薄らと現在の自分と直前の自分が同時に現れることを確認した。

「残像の出現……。黄金化現象から目くらましの壁に放たれるスペクトラムの上下左右への放射による、ホログラム効果の発現と消去の時差が重なり残像の生まれる現象か……」

彼女はこのことはキャンプの誰にも告げなかった。

「この現象は使えるかもしれない。一・五倍を実現できればあの女を倒すことができる」

イングリッドはアフガニスタンをあとにしてトルコでステファンを失ってから、速度の限界一・五倍を上回ることに挑戦する訓練を重ねてみた。しかし、これはイングリッドというよりも人間という存在に神が与えた肉体の限界であることが分かり、彼女の心臓への負担が大きすぎることも分かった。つまり、死を意味することが理解できて、一・五倍を超えることへの挑戦は控えることにしたのだ。

一方で、一・四倍まで高めて一瞬一・五倍に到達してから一・二倍に落とすということを繰り返してみて、短時間ならばこれを実行できることを確認した。

「二人の異なる動きをする私……」

　これが、イングリッドが生み出したビビアンを凌駕する戦い方であった。


　イングリッドが突然、今までビビアンが見たことのないほどの速度で走り出した。ビビアンは落ち着いて彼女の動きを見据えた。ビビアンはイングリッドがある速度から速度を上げてまた元の速度に戻ることを繰り返していること、速度が上がると彼女が複数の人間として視覚に捉えられるのだが、複数の人間がそれぞれ異なる動きをしていること、視覚だけでは、どの動きをしている人間が本物の彼女なのかが分からないことを理解した。

「なるほど、そう来たか……。しかし、これだけの速度をずっと続けられる訳がない。でも、危険を考慮すると、私は論理思考を完全に捨て去って、感覚だけで戦わなければならなくなる。そのブレを狙って、どこかでイングリッドは勝負に出てくるだろう」

　ビビアンは風を感じていた。視覚に頼れなくなった時は、物理的感覚としての肌感、そして直感の組み合わせによって対峙しなければならない。ビビアンは目を閉じた。脳裏にイングリッドが走っている姿が映し出される。

　イングリッドは速度を変えて走り続けながら、ビビアンをありとあらゆる方向から観察している。自分の新しいアプローチに対してビビアンがどのように対応するかを見計らっているのだろう。ビビアンにはイングリッドの行動そのものと彼女の考えていることが手に取るように分かった。今、攻撃を受けても完全に応戦できる自信がある。これがビビアン独特の能力だ。風を感じ、音を聴き、また相手の心から体温や息によって醸し出される気を感じ取りながら、今の動きを捉え、この先の動きを、起きうる心変わりまでを含めて感じ取り、瞼の裏に知覚する。

イングリッドが直接戦闘能力でビビアンに優っていながら今までの戦闘訓練すべてで引き分けに終わるに至らしめた、イングリッドには神から与えられることのなかったビビアンの特殊な能力だ。


イングリッドは瞑目《めいもく》しているビビアンをあらゆる角度から観察していた。

「隙がない……」

「ビビアンは、今、全身が武器になってしまっている……」

イングリッドはビビアンの最強の武器である「神の与えた勘」を乱すために「二人の異なる動きをする私」を仕かけた。イングリッドが得意としビビアンに対して優位である肉体の戦いに引きずり込むためだ。しかしビビアンは、目を閉じて、今、集中してすべての五感を第六感と結びつける状態に入ってしまっている。

「今、私がどんな攻撃を仕かけても、返り討ちにあってしまうだけだ。ここのところは、一旦、引き上げて、改めて、あの女を始末する機会を待つことにするか……」

その時、二人にとって思わぬことが生じた。洞窟にアルフォンソが現れたのだ。ビビアンは第三の人物の登場を確認するために目を開きアルフォンソを認めた。この機会をイングリッドが逃すはずはなかった。イングリッドが二人に向けて手裏剣を六器続けて投擲する。彼女はビビアンに二器そしてアルフォンソに向けて四器を投げたのだ。

「しまった」

ビビアンはアルフォンソの能力では三器までしか対応できないことを知っていた。ビビアンは自分に向けられた二器を叩き落とすと、アルフォンソを助けるために彼に向かって走り出した。そこに動きの異なる二人のイングリッドが一・四倍の速度で襲いかかる。

「私は良いから、イングリッドに集中しろ」

三器を何とか払いながらアルフォンソが叫んだ。ビビアンは、しかし、アルフォンソの命を奪ってしまうだろう残りの一器を弾き飛ばした。その瞬間、イングリッドがもう一器少し間を置いて投げた手裏剣がビビアンの腕を掠めた。動脈に達したその傷口から血が噴き出す。アルフォンソは自分のTシャツを引き裂き布切れをビビアンに投げた。ビビアンは次のイングリッドの攻撃を避けるために身を屈めると素早く傷を押さえるように布切れを強く腕に巻き付けた。布切れは真っ赤に血で染まってゆく。

「RhマイナスのAB型……」

アルフォンソは呻《うめ》くように呟いた。ビビアンの血液型である。緊急の輸血が叶わない彼女にとって、出血過多は命取りになってしまうのだ。今までの戦いで彼女は、一度たりとして動脈から出血する怪我をするような失敗はしたことはない。今回は、何としたことか、アルフォンソの軽率な行動が原因でビビアンを非常に困難な状況に追い込んでしまった。

イングリッドがさらに三器をそれぞれに角度を変えてビビアンに投擲する。そして最後の四器を続けてアルフォンソに投げた。投擲された三器を叩き落とすと、ビビアンはアルフォンソの言葉通り、アルフォンソの元を離れ、目にも留まらぬ速さで走り出し、底から壁そして天井まで全体がキラキラと輝き始めた洞窟を縦横無尽に走る二人のイングリッドに迫っていった。ビビアンの耳にアルフォンソの体が砕ける音が響いた。

「何が原因となって彼女程の戦闘員を、同志と戦う決意に結びつけたのか知らないが、彼女は敵なのだ。倒すしかない」

もう少しでイングリッドに追いつく。ビビアンは腰に携帯している特殊ナイフを手にした。ビビアンがきらりと輝くそれをイングリッドの首筋に閃光のように突き出すとイングリッドは速度を上げて目前から去ってゆく。

「あり得ない……。こんな速度は人間では出し得ないはず」

二人のイングリッドが軌跡を二つに分けて左右に広がってゆく。そして反転して二人が異なる武器を持って自分に向かってくる。一人は笑い、もう一人は悪魔の形相で向かってくる。ビビアンの視界は次第に不鮮明になってきている。

ビビアンは一瞬目を閉じて集中すると、目を閉じたまま両手に特殊ナイフを握りしめて疾風の如く前に進んでいった。イングリッドの気配は一人に絞られた。

イングリッドは意表を突かれて進路を逸らした。

「何だこの女は……鬼神か」

イングリッドは自分の全身が少し痙攣《けいれん》をし始めていることに気がついていた。

「一・五の幻覚を凌駕されてしまっては、残された時間は少ない……。こいつさえ倒してしまえば、あとは、手に入れた武器を使って組織そのものの破壊に集中できる。私のことを背後から襲う存在を消すことができるのだ。バシールと約束した、女性と子供の解放の実現に向けて前に進むことが可能になる。そして……、ステファンの命を奪った不条理の重要な一部をこの世の中から消し去ることができるはず」

イングリッドは意を決すると、壁を走り、天井に向かって走り抜けそのままの勢いでビビアンに向かっていった。ビビアンはイングリッドの第一撃を躱し、目を静かに閉じると、彼女と同様に壁から天井に向けて走り抜けた。真正面の壁からイングリッドも天井を駆け抜けてビビアンに向かう。ビビアンの出血は既に上に巻き付けた布切れから滴り落ちている。そして、イングリッドの筋肉は痙攣が激しくなり関節が軋《きし》んだ。二人がぶつかると、巨大な火花が飛び散り、煙が立ちこめて、姿が見えなくなった。煙が薄くなり、まず、アルフォンソの視界に地面に倒れるイングリッドが入った。全身が激しい痙攣を起こしており、この様子では心臓にも大きな負担がかかっていることだろう。

イングリッドは今、最愛の人と共にいた。

「迎えに来たよ」

ステファンが笑顔でイングリッドに手を差し伸べる。

「遅かったのね」

少し甘えるように彼女が拗《す》ねる。

「ごめん」

と謝ったステファンがイングリッドを抱きしめた。

優しくて、温かくて、そして力強い彼の抱擁に彼女は身を任せた。

「やっとすべてが終わりました」

いつも通り天に報告をしたイングリッドは、自分の声が今まで聴いたどの声よりも優しく響いていることに気づいた。そして、彼女は、いくら努力しても決して報われることのない運命から漸く解放された、そんな気がした。

「行こうか?」

「ただまっすぐに星に向かっていくの、躊躇して止まってはダメよね」

静かに顎を動かしたステファンと手を繋ぐと、イングリッドはその先にある無数の星々の煌めく光に向かってゆっくりと足を踏み出した。

ビビアンは壁にある岩の出っ張りに立っていた。しかし彼女の目が空ろになっていることから
ビビアンは意識をほぼ失ったまま立っていることにアルフォンソは気がついた。

「ビビアン」

アルフォンソのかけ声に、彼女はゆっくりと落ち着いて壁を降りてきた。地面に足をつけると
彼女はアルフォンソに向かって一歩一歩踏みしめるように、近付いてきた。

「脚を失ったのね」

「ああ、でも、もう止血してあるから大丈夫だ」

「命を失わなくて……良かった……」

そう言うと、ビビアンはアルフォンソの腕の中に倒れた。彼女の腕からは激しく血が滴り落ち
ている。

ビビアンは、目を閉じて、そして、もう一度目を薄らと開くと言った。

「私……、私ね……、きっと感動と出会えた気がする」

ビビアンは、アルフォンソに力ない笑顔を向けるとそのままゆっくりと目を閉じた。

ベルベット・イースター　*Velvet Easter*

あの曲が彼女の耳に心地好く聴こえてきた。

身も心もすっかり軽くなった気がする。消えゆく意識の中で、ビビアンの目にははっきりと見えていた。

向こうに母の郁方が立っている。その肩に優しく手をかけているのは父の有賢だ。二人の後ろにはビビアンの兄弟たちがいる。有賢が笑顔で温かく彼女に語りかけてくれる。

「ビビアン、お帰り。さぁ、疲れたろう、お茶でもゆっくりと飲もうじゃないか。旅の疲れには温かいお茶が一番だよ。それから、落ち着いたら旅の話をいっぱい聞かせておくれ。何しろ長い旅だったからね」

父と母に肩を抱かれてあの懐かしい家の玄関に向かう。兄弟たちの笑顔の何と爽やかなことだろう。父の大きな手の何と暖かいこと。そして母の微笑の何と優雅なこと。その時、神様が自分の上に降りてきて、そして心の中に入ってきたことをビビアンは感じた。そして、ほんの一瞬だけれども彼女は神様と一体になれる瞬間に包まれ、体全体が震えるのを感じた。あの曲の音が遠くなってゆく。もう何もしなくて良いのだ。そうだ、これで、しなければいけないことからも、してはいけないことからも解放されたのだ。きっと、永遠に。胸いっぱいに家族の愛情を受けて玄関をくぐると、あの曲の音が聴こえなくなった。そして、ビビアンの目の前からなにもかもが消えた。

影絵 *Wayang Kulit*

アパルトモンの呼び鈴が鳴った。ベネディクトは、郵便配達の男性に手渡された包みを震える手で開けながら繰り返し呟いた。

「やめて、やめて、いやよ、いやよ、絶対にいや……」

包みの中の箱にはひとつの iPod と、封筒が入っていた。封筒には蒔絵《まきえ》のデザインが施してある。黒と金を下地にしたその蒔絵には花と月と太陽が描かれていた。多分、送った人間が自らの手で描いたものだろう。封筒を開くと中から手紙が出てきた。

＊

「ワヤンクリ……」

ベネディクトは心の中でその言葉を繰り返しながら、ゆっくりと、右に、そして左に進路を湾曲させながら、ネット上で探してやっと見つけたワヤンクリの公演が開催されるモンマルトルの劇場に向かっていた。劇場に着くと、開演の二十分も前だというのに、すでに席がかなり埋まっていた。彼女は、劇場の一番後ろの真ん中の席に座った。開演の時を待っていたベネディクトの顔からは脱力感が醸し出されていた。彼女は、昨晩、ビビアンの手紙を受け取ってから、ずっと繰り返し彼女と過ごした時のことを思い出していて、朝方まで眠ることができなかった。スクリーンの向こう側から演奏者たちの奏でる音楽と音響効果が響いてくる。やにわに劇場が暗転した。そして、劇場の正面に設えたクリルと呼ばれるシルクスクリーンに幾つもの影絵が映し出された。

*

アルフォンソは、失った片足に着けた義足を器用に操りながらモンマルトルの石畳の丘を上っていった。劇場に辿り着くと彼は、窓口で指定席券を受け取り、着席した。彼は、ビビアンが「もし自分に何かあったら自分の代わりに見てきてほしい」と言い残した演劇を見に行くことにしたのだ。

「人を愛する感動を味わいたいって思っていたことが実現したの。でも、そこに行くことはできないかもしれない。そうしたら、私の愛を見守りにいってほしい」

アルフォンソにとっては極めてアジア的で抽象的な表現だったが、彼がこのビビアンの言葉に対して質問を投げかけることはなかった。それは、なぜか、彼にはこの言葉の意味するところが体の奥深いところで理解できる気がしたからだった。イングリッドとの戦いでバスク同盟とその同胞組織員たちは、十年は立ち直れない程の被害を被った。何よりも、イングリッドとビビアンという二人の類稀なる天才戦闘員を失ったことは、組織にとっては取り返しのつかない程の損害と言えた。しかも、組織の歴史上最強の、その二人の戦士が相対して戦うことになろうとは。アルフォンソはふと我に返った。

目の前で暗闇に静かな光を纏ったシルクスクリーンの上に平面的な何人かの人物が黒い姿を浮かび上がらせながら、左右上下に動いていた。彼はこれが何の物語なのかよく理解していなかったが、その異世界に展開する夢の話のもたらす幻想的な波動を体で受け止めていた。ワヤンクリの影絵芝居は、アルフォンソを心の中で遥かなる大地に彷徨させてくれた。そして、その場所で体全体から失った愛への絶望感を漂わせている女性を見つけた。蟬《せみ》の幼虫の抜け殻のように、彼女の肉体から魂が抜け出してしまっているように見えた。アルフォンソは直感していた。これが、きっとビビアンの言っていた「愛」の正体に違いない。

長い芝居が終わり、彼女が劇場を飛び出すと、アルフォンソもそのあとを追った。
月の光を反射する、すり減って丸くなった、石畳の両側に並ぶ古い街並を吸い込むような小径が左手に見えた。なぜかふと誘われて小径を曲がると、アルフォンソの目の前に間口が広くて高さが三メートルほどある古めかしい門が見えた。歴史のある屋敷の門に違いない。そして、その前に一人の人間が倒れていた。白い外套から光が反射している。月の光が輻射しているにしては眩し過ぎないだろうか。何か光の中に包まれてそのまま大空の月まで運ばれていってしまいそうな、そんな輝きだった。

アルフォンソは静かに声をかけた。

「ビビアンの友人だね」

碧い水そしてマンタレイ　*Blue Water & Manta Ray*

エアタヒチヌイの機上から、鮮烈に青いインク色の透明な海水を見下ろしながら、アルフォンソは病院に送り届けたあのフランス人女性のことを考えていた。

「彼女はどうやってビビアンと知り合ったのだろう。きっと短い時間の付き合いだったのだろう……。その短い時間に二人の気持ちは燃え上がったのだろうか」

「人を愛する感動を味わいたい」

きっとビビアンにはそれができたのだろう。

「ねぇ、アルフォンソ……正しい選択をするのに遅すぎるということは決してないと思わない？

……」

アルフォンソの頭の中に、彼女の言葉が繰り返し響いてくる。

「私の選択は正しかったのだろうか」

組織に休暇を申し渡された時に選んだこの土地。ゆっくりと眼下に見えてきた島。プカプカ島という名前がとても優しく聞こえた。この島で一か月、何もしないで心を空にする。


リーフサイドテラスからデッキの下の透明な海の水に眼を移すと蛍光色の青い鰭《ひれ》を揺らしながら小さな魚がたくさん泳いでいる。

「ご注文されたマルガリータをお持ちしました」

ウェイターの横顔が見えた。中近東系かアジア系か、それともその美しい融合なのだろうか？

「有難う。僕はアルフォンソだ。君は？」

アルフォンソの質問に若者は輝く笑顔で答えた。

「シャチといいます」

気持ちの良い青年だ。アルフォンソはそう思った。

「シャチって素敵な名前だね」

「有難うございます。姉のじゅんこが名付けてくれたと聞いています」

「お姉さんの名前はじゅんこっていうのだね」

「はい、私が小さい時に両親が離婚をして別れ別れになってしまいましたが」

シャチの陰りのある顔がアルフォンソの胸を突いた。

「ここでずっと働いているのかい?」

「はい。でも来月にはマルセイユに帰ることになっています」

これ以上の質問は控えるべきだと悟ったアルフォンソは言った。

「良い一日を」

「貴方も」

シャチはふたたび笑顔を返すとバーコーナーの方に去っていった。


翌日の朝、アルフォンソは借りたコッテージの鍵のない扉を開けて純白の砂浜に足を踏み出した。さくさくと音を立てる細かい砂の音を耳に、目の前に広がる波のない静かな環礁の内海を見つめた。水平線が緑に煙っている。たくさんの大きな魚のような群れが、水しぶきを上げて海面を跳躍している。扁平《へんぺい》で表面が黒い大きな体で水上に跳び上がり水面に滑るように落ちることを何度も繰り返しながら、前に進んでいく。そのしぶきの霧を朝日が照らして水平線を緑に煙らせてゆく。

「あれがマンタレイか」

海岸線をゆっくりとした足取りで歩いていくと、ふと、アルフォンソの心の中に、今まで感じたことのない躍動感が訪れた。

「正しい選択をするのに遅すぎるということは決してないのだ。神様が自分の上に降りてきて、そして心の中に入ってくる時ほんの一瞬だけれども一体になれる瞬間、その時に体全体が震えを感じる経験。それをいつかきっと感じる。きっと感じてやる。そういう人生を過ごしてやる」

そうアルフォンソは思った。

光の中 *In the Light*

ベネディクトには見えていた。遥か上空に雲の亀裂があり、そこから一筋の光が地上に伸びている。その光の筋の中に細くて長い階段が地上と空を結んで上っているのがベネディクトにははっきりと見えていた。一匹の華奢な白い鹿が歩いて階段を力強く上がってゆく。あまりに遠くて彼女かどうかは見えなかったが、ベネディクトはそれがビビアンだと確信していた。

「今度はきっと、きっと幸せな感動を摑んで……突然途切れてしまう人生ではなくて、明日も続いてゆく、そういう人生を生きてね」

白い鹿がこちらを振り返った気がした。一瞬足を止めた鹿は、また階段を上り始め、そして、やがて光に包まれながら雲の亀裂の向こうに消えていった。遠くから誰かの声が聞こえてきた。バリトンの深い心地好い音色だ。

「ビビアンの友人だね」

目が覚めると病院のベッドの上にいた。中年の看護師がやって来て言った。

「目が覚めたのね。あなたを連れてきた男の人は義足だったのよ。でも、とても人を運ぶことに慣れた感じだった」

「義足の男の人」

「やっぱり、あなたの知らない人なのね。私も半世紀もの長い間生きてきたけれど、あれだけ美しい男性は初めて見たわ。でも何か普通の人じゃないと思うの、なんていうのか、目の奥に何か得体の知れないものが光っているって感じ……。この世じゃないところからやって来たみたいな……。まぁ、あんなにきれいな人間はこの世の人ではないわよ。あっそうそう、彼があなたに伝えてほしいって言っていたの……」

「何を」

「ビビアンは幸せだったと伝えてくれって」

「ビビアンは幸せだったって。何でそんなことが言えるの」

ベネディクトは、はっとして思った。

「ビビアンが言っていた普通じゃない世界に、もしかしたら、その男の人も一緒にいたのかもしれない」

そう思った瞬間から彼女の中に言葉では言い表せないような感情が走った。

怒りではなく、悲しみとも異なる、焦りに似ている感情。

「嫉妬？　私が知っていたビビアンが彼女の一部だとしたら、その男の人は、残りのすべてを知っているのかしら。それとも、彼もやはり、彼女の一部しか知らなかったのかしら」

ベネディクトは、改めて、そのようなことは重要ではないと思った。

「私は、彼女を愛した。今までの人生で誰にもこれだけの愛を向けたことのない程に。そして、彼女もきっと私のことを本当に愛してくれた。愛は嵐のようにやって来て、竜巻のように私を巻き込んで、そして消えていった。燃えて、燃えて燃え尽きて、一陣の塵も残さずに……」

ベネディクトは、彼女から届いた手紙を回想した。

「私の大切なベネディクトへ、
さぁ、一体どこからはじめたら良いのかしら。あの、モロッコの海岸の岩場で、二人でグラスの中の琥珀色の泡を月の光に照らした時のこと。私はあの時、人生を楽しむという気持ちを生まれて初めて感じた気がするの。小さな恋を私に捧げてくれた男の子。きっと普通の人生を生きることのできる人たちは、ああいった小さな幸せの歴史を、少しずつ胸に刻んで大人になってゆくのね。シャンゼリゼで、二人で悪ふざけをして、笑いが止まらなかったこと。あの時は、びしょ濡れになってしまったわね。髪の毛も、体も、そして心の中まで、嬉しさの涙で濡れてしまった……。

ベネディクト、あなたは私の短い人生の中で、家族以外の人を愛することを教えてくれた、最初の、そして多分、最後の人。

あなたは、私を、神様と一体になれた瞬間に、その柔らかい肌で暖かく包み込んでくれて、その時、私にはあなたの鼓動が聴こえた。そして、私は体全体に震えを感じたのよ。

こんな素敵な感動を味わうことができたのは、私の仏様の優しい取り計らい……。そしてあなたとの出逢い。それは魔法の贈りものだった。

私は今まで、戦闘員として少なくない人々の命を奪ってきた。そして今、それを贖罪するべき時がついにやってきたの。私はそれを進んで受け入れたいと願っている。でも一つだけ心残りがあるの。それは、愛する人々に私が直接に報いてあげることができなかったこと。報いて、そして、その人たちの笑顔を自分の目で見ることができなかったこと。でも、感謝しなきゃ……ね……。だってこんなに幸せな気持ちになれたのだもの。私には一生関係ないと思っていたこんな感動ができたもの。

もう一つ……。

私はやはり神様が私たちに命を与えてくれたのは、感動や幸福を経験させるためだと思う。そこに行き着くまでには苦しいこともあるけれども、神様は生きるために命をくれたのだって、そう思うの。

ベネディクト、本当にありがとう。そして、愛しているわ、心から。

ビビアンより」

「突然途切れてしまう人生ではなくて、明日も続いてゆく人生……」
ベネディクトは、ビビアンの言葉を心の中で反復した。
「でも、ビビアン、結局、人生は、誰にとっても、いつ突然切れてしまうか、分からないものなのよ……。一度しかない人生だから、私もあなたと同じように、今を生きることに決めたの」
ベネディクトは、今、かつてジェラルディンの別荘で浮かんだ「こんなところで人生を終わりたくない」というあの恵まれた環境の中にある静かな幸せを自分が否定した考えの意味が少し分かった気がしていた。


ビビアンから送られてきた手紙に同封されていたiPodには“à chacun le sien”という文字が刻まれていた。ヘッドフォンを通じて彼女の歌が耳に響いてくる。そして、あの優しい掠れ声がベネディクトの心の中に静かに入ってくる。「空がとってもひくい、天使が降りて来そうなほど……いちばん好きな季節、いつもと違う日曜日なの……」ビビアンのハミングがベネディクトの心に走馬灯のように二人の物語を紡いでいく。

「à chacun le sien……十人十色」

「だからこの世の中は美しいのかな。ビビアン」

＊

ベネディクトはセバスチャンに、自分とビビアンの間に生まれた物語をしたためて手紙を送った。手紙には「もし貴方が許せないと思うならば私は貴方の意思を理解して受け入れます。でも、もし、もう一度、二人の人生の物語を一緒に紡いでいくことを許してくれるならば、シテ島のノートルダム寺院で会えると嬉しいです」と書かれていた。ベネディクトは、今、セーヌ河の側道を歩いていた。向こうにシテ島が見えてきた。ノートルダム寺院の上に少し霞がかかっている。

その手前の船着き場に、見慣れた男性の姿が見える。必死に手を振っている彼の笑顔がまぶしい。
「この人と、次の思い出を創っていこう。それは、もっと月並みかもしれないけれど。でも、きっと、何か良いことが起きるはず。今度こそは」

了

池田さんへ

ビビアン・スー

私が池田さんと初めてお会いしたのは二〇〇〇年のこと。TBSで放送された矢沢永吉さんと私が共演した「雨に眠れ」というオリジナルのスペシャルドラマの時です。そのドラマはとても美しくて、そして、少し哀しい素敵な物語で、女優と企画プロデューサーという関係での出会いでした。その後もアニメシリーズの主題歌などでご一緒する中で、ある日、私は池田さんに「私とヴァネッサ・パラディが共演できるような物語を作ってほしい」と冗談で言ったのです。

それから月日が経ち、池田さんから「ビビアン、これ、どうかな?」と連絡が来ました。単純なフランス人と台湾人の友情の話だと薄っぺらい物語になってしまうので作り方が難しいと悩んだそうです。でも、ユーミンさんの「ベルベット・イースター」を聴きながらパリの凱旋門の下にある慰霊の灯火越しに真夜中のシャンゼリゼを見下ろした時に突然インスピレーションが湧いたって言っていました。そこから何年もかかってできあがったこの小説は、この素晴らしい楽曲のタイトルをそのまま使わせて頂くことをユーミンさんが了承してくださったと聞き、私もとてももうれしく思いました。

物語では、台湾から思いもよらない運命に翻弄されてフランスに渡ったビビアン（私のステージネームのビビアンそのまま）とパリに暮らす同年代のベネディクトが出会い、情熱的な恋に落ちていきます。ベルベット・イースターを聴いた時、とてもフランス的で不思議な響きが心に安らぎをもたらす歌だと感じました。その歌が二人の運命を結びつけます。愛する家族と永遠に別離してしまったビビアンが、ベネディクトとの愛を深めていく中、パリそしてモロッコの地で初めて人間として心から笑う。それはビビアンの人生がキラキラと輝く瞬間。やがて家族のもとに戻っていくという彼女なりの幸せの軌跡が描かれます。その軌跡は普通の人間から見る幸福とは違うかもしれないけれど……。

この物語を読みながら、私は自分の知らない世界への旅行に連れ去られていました。それは長くて短い旅でした。今、ドキドキしながら普段の私に帰ってきたところです。
小説「ベルベット・イースター」は、私が大好きな小説として本棚に加わります。

池田さん、有難う。そして、またね！

著者プロフィール
池田 有来（いけだ ゆき）
慶應義塾大学文学部英米文学科卒業。テリー伊藤氏の下で番組制作を学んだ後、総合ビジョン（現 NHK エンタープライズ）で BBC、HBO 等の海外放送局とドラマを開発制作。

2003年、ワーナーブラザースジャパンに入社。映画制作部門の立ち上げを行い、制作部長としてクリント・イーストウッド監督の「硫黄島からの手紙」ほかの映画作品の開発・制作に関わる。

2007年、ドリームワークスの映画配給宣伝統括ディレクターを務め「カンフーパンダ」等を担当し、その後、KADOKAWA にて実写映画「ルパン三世」等の映画の企画制作を手がける。

2017年から2022年末までワーナーブラザースジャパンにて映画とアニメの企画制作部門 Local Production のバイスプレジデント上席執行役員に就任（上記はすべて池田宏之名義）。

カバー写真：蜷川実花

ベルベット・イースター

2023年 4 月15日　初版第 1 刷発行

著　者　池田 有来
発行者　瓜谷 綱延
発行所　株式会社文芸社
〒160-0022　東京都新宿区新宿1－10－1
電話　03-5369-3060（代表）
03-5369-2299（販売）

印刷所　図書印刷株式会社

ISBN978-4-286-29075-1　JASRAC 出 2209259－201